ひたごころ

白洲正子

ワイアンドエフ

ひたごころ　目次

1

2

題字――白洲正子
装丁――中島かほる
編集協力――牧山桂子
青柳恵介
写真協力――牧 直視
脇坂 進
京都市立芸術大学
清水寺
日本民藝館
財団法人梅若会
サントリー美術館
田畑コレクション
春日神社
東京国立博物館
熊野速玉大社
芹沢銈介美術館
豊蔵資料館
金剛寺
カヴァー――昭和三十年頃の著者／
著者が幾度となく通った栂尾山
高山寺参道のもみじ

ひたごころ

1

持仏の十一面観音

ある日、京都の骨董屋さんで、平安時代の十一面観音を見た。ちょうどその頃私は、『十一面観音巡礼』を出版したところで、骨董屋さんは、単に参考のために見せたかったのだろうし、私の方としても、仏像などに手が出せる筈はないので、ただ美しい観音さまだと思って眺めていた。ところが、帰りの新幹線の中で、その観音さまがどうしても目に焼きついて離れない。「仏はつねに在せども、うつつならぬぞ哀れなる……」という今様があるが、この時ばかりは現実に目前に現れて、逃れようがないのであった。呪縛にかかるとは、こうしたことをいうのかも知れない。値段のことはまだ聞いていなかったが、とても私の手に負える代物でないことは判っていた。その頃私は、ルオーの絵を二年越しの月賦で買い、やっと支払いが済んだところだった。あの絵と引換えなら、観音さまは買えるかも知れない。ルオーか、十一面観音か、大げさに云えば、キリストと仏さまの板ばさみになって、私は悩みに悩んだ。こういう経験のない読者には、滑稽きわまる話だろうが、骨董好きというのはそうしたものである。

十一面観音立像（像高104cm、写真＝脇坂 進）

まだ元気でいられた小林秀雄さんにも相談した。小林さんは、当時ルオーに凝っていたから、「フン、十一面観音か。観音さまなら、日本人には誰だって解る」と、不機嫌であった。ものを買うのに人の意見を訊くなんてことは、人生相談と同じことで、こちらの方針は既にきまっている。結果として、お金があればルオーはまた買えるだろうが、こんな美しい観音さまには二度と出会えまい。しかも、本を書いてすぐのことであってみれば、よほど深い御縁があったに違いないなどと、勝手な理窟をこねあげて、ついに自分の物にしたのは、今から五年ほど前のことである。

写真でごらんの通りのものだから、くわしい説明ははぶきたい。時代は十一世紀、檜の一本造りで、十一面観音の信仰が、広く行きわたった頃の彫刻である。この観音さまがちょっと変っているのは、頭上に頂く九面（瞋《しん》面、牙出《げしゅつ》面、笑面など）が、蓮の花びらに省略されていることで、全体の姿もそれに準じて単純化されており、仏像より神像の感じに近い。したがって、立派な観音さまというのではなく、完成期をすぎて、やや頽廃の気をただよわせている仏なのである。

近頃は、世紀末という言葉がはやっていて、美術界でも末期的な症状のものが持て囃される傾向にあるが、やたらに騒がしいだけで、醜い作品が多いことに気がつく。が、ほんとうの世紀末の美とは、そんなやけっぱちなものではなく、気候にたとえれば夏から秋への移り変りのような、人間で云うなら年増女の色けのような、少し寂しげでうらぶれた感じをいうのだと私は思っている。この十一面観音は、世紀末の作とはいえないが、院政時代のそこはかとない情緒をたたえており、そういう意味ではやはり時代の移り変りを想わせる。頽廃の気配はあってもまだ完全に堕落してはいない、過渡期のたゆたいの中にあるといえようか。私にとっては、そこが魅力なのであって、あんまり立派な仏像では、そばにおいて愉しむわけには行かないのだ。

はじめ私は床の間に据えてみたが、仏像には光背《こうはい》がないと落着かない。といって、大仰なものでは似合わぬので、柳悦博《よしひろ》氏にお願いして、絹で織って頂くことにした。柳さんは、そういうことが大好きな方なので、糸や染めかたにも工夫を凝らして下さった。二人で相談して、光背は舟型か、蓮弁のようなものがいいと思い、私は下絵を描くことにしたが、何度描いてみてもしっくり来ない。私の記憶にあるのは、しっかりした天平の蓮弁だったからで、それを少し弱い形にして、肩を落してみたら、はじめてぴたりと調和した。頽廃期の仏像であると、認識したのはその時のことで、小さなものでも自分で作ってみると、時代の特徴がよく判るのは面白い。一見、型染めのように見えるが、実はそうではなく、「板じめ」という手法で、糸を藍につけて織ったものである。蓮弁の白いふちが、絣のようにむらむらになっているのはそのためで、型を使ったのではこんなに柔かくはできなかったであろう。

現在、この観音さまは、私の居間に置いてあり、日夜朝暮に眺めている。拝んでいる、といいたいところだが、私は別に信仰しているわけではないので、いっしょに暮しているといった方がいい。五年の間、毎日お香を焚いたり、花を供えていると、十一面観音を「取材」していた時とは、おのずから違う親しみが湧く。

毎日見つづけている間に、私はある一つの結論に達した。結論というのも大げさだが、それはこの十一面観音が、熊野の九十九王子に祀ってあったのではないかということである。九十九王子でなくても、それに類似した神社か祠にあったのを、明治の廃仏毀釈によって、民間に流れたのではなかったか。それを証明する何物も持たないが、仏像より神像に近いこと、頭上の九面が蓮弁に変っていること、それに何よりも全体の雰囲気に、仏教臭が感じられないことなどが、無言の証明といえるかも知れない。が、私は別に証明なんかしたいわけではない、仏さま扱いはしていないのだから、「持仏」というのは少々気がひけるが、私が死ぬ時はこの観音さまが、優しく見守って下さるに違いないと信じており、そう信じているだけで充分なのである。

（太陽シリーズ観音の道3「近江路から若狭へ」一九八四年）

信玄のひょうたん

友達の家に、武田信玄が用いたというひょうたんがある。ひょうたんといっても例の胴がくびれた徳利ではなく、たっぷりした筒形のひさごを輪切りにし、弁当箱にしたてたもので、いかにも戦場で用いたような、堂々とした姿の名品である。

ひそかに狙っていたので、先月その友達に会ったとき、あのひょうたんは未だお家にあるのか、聞いてみると、実はあれには変な伝説があるので、お祖母様がどこかへかくしてしまい「私にも見せてくれないんです」と、次のような話をしてくれた。

伝説によれば、それは信玄が非常に愛したもので、ある時、隣国の大名から、その弟を人質として渡されたとき、引出物に送った。

ところが、数年たって、相手の大名が、敵方につかねばならぬ羽目におちいった。信玄は、彼の苦衷を察し、人質の弟を返してやろう、そのかわり、ひょうたんは此方へ戻せ、といってやった。が、喜ぶと思いのほか、あの美しいひょうたんを手放すくらいなら、弟なんかいらないという返事が来たので、信玄は大いに怒り「そんな人情味のない奴の弟は生かしてはおけぬ」と、直ちに切って捨てたという。

現代人には、野蕃な行為とうつろうが、乱世には乱世の道徳というものがある。信玄の生きた時代を背景にして見れば、こんな筋の通った、さっぱりした話はない。彼の魅力も、そういう所にあったと思うが、戦乱の巷をどう生きぬいたか、このひょうたんも信玄に似て、大まかな形の中に、深い味をたたえている。

骨董にはよくこうした伝説がつきまとう。だから薄気味わるいという人も、よけい興味をもつ人もいる。が、信じるにしろ信じないにしろ、お話というものは、物がよくなければ決して生れては来ない所が面白く、こんなひょうたんをいじっていれば、私だってそのくらいの夢は見かねない。そしてこのひょうたんには、既に後日譚というべきものさえついているのだ。

先の事件があって以来、その持主の弟が必ず死ぬという言い伝えである。現に、友達の祖父に当る人——これが元の持主だが、買って直ぐに弟さんを亡くし、二代目の弟さんも、不慮の死をとげた。案外第二の伝説は、そこから生れたのかも知れないが、二度も不幸な目に遭われたのでは、かくしたくなるお気持もよくわかる。ひょうたんから駒が出るとは正にこのことで、平凡なそこらのひょうたんからは、中々こんな因縁譚はとび出さない。

ひょうたんというものを、いつから使いはじめたか、私は知らないが、別名葫蘆《ころ》ともいうから、たぶん中国南部あたりから輸入されたものだろう。

室町時代から桃山へかけて、漆器やきものの模様に盛んに用いられたのを見ると、日常の道具として、よほど古くから使っていたに相違ない。丈夫な上に、軽い所が実用向きだったのであろうが、しじゅう見馴れていなかったら、あんなに美しい蔓の姿や、音の感じまでとらえることは出来なかったであろう。きものや道具の模様一つにしても、突然何かが現れる場合は殆どない、ただ外からそんな風に見えるだけで、開花するまでには長い年月を要するのだ。

軽くて、つかまえ所のないことから、ひょうたん鯰《なまず》などという言葉も出た。先の話にしても、つかまえ所がないのは同じことで、単なる偶然と片付けるのはやさしいが、偶然も度重なれば疑いたくもなる。で、ふだんは往生際の悪い私も、この度だけは、御老人の意志を尊重し、信玄のひょうたんはあきらめることにした。

私の次男は今英国に行っているが、先日こんな話を書いて来た。中国の留学生と、他に数人の英国人と散歩している時、見事な大木に出会った。四方に枝をはって、木蔭をつくっているのが、たった一本だのにうっそうとした森のように見える。みんな感心して、眺めていると、その中国人が息子に向い、

「この木にはコレがありますね」

と、紙片に漢字で「樹霊」と書いてしめした。

二人の東洋人は、うなずき合ったが、英国人の友達が「何だ、何だ」としつこく聞いても、どうしても説明することは出来なかったという。したら笑い話にしかならなかったであろう。ふと、そんなことを思い出したのも、ひょうたんから出た駒の一つか。

（掲載誌不詳、入朱有）

雪月花

乾山の梅

光琳《こうりん》・乾山《けんざん》と並び称されるが、どちらかと云えば私は、乾山の方に親しみを感じる。人も知るように、この天才的な兄弟は、京都の裕福な呉服商の家に生れ、かつては光悦《こうえつ》や宗達《そうたつ》とも親交があった。そこに琳派と名づける独特な画風が生れたが、宗達の気品と自由闊達な精神は、光琳よりむしろ乾山に受けつがれたような気がする。紙に描いた絵にも傑作が少くないけれども、彼の本領は陶画にあり、絵を生かす為にどういう生地が適しているか、徹底的に追求した感がある。それはやはり家業の染めものから生れた伝統であろう。美しい染めものは、いい織物の生地を必要とする。比較的やわらかい陶土を選んだのも、絵具がよくしみこみ、時にはにじんだりかすれたり、この梅の茶碗に見られるような豊かな味わいが出せるからである。形と質と色、それから讃や署名をふくめての線が、これ程美しくとけ合っている例を私は知らない。そういう意味では、乾山の芸術は、陶器というよりはるかに綜合的な、一種の立体画と呼ぶべきであろう。
（「婦人之友」一九六九年一月号）

色絵梅文茶碗（尾形乾山作、京都市立芸術大学芸術資料館蔵）
写真＝牧 直視（以下とも）

辻ヶ花染

辻ヶ花というのは、室町時代から徳川初期へかけて流行した、しぼりと描絵と、稀には縫いをあしらった染めもので、しぼりが主体になっており、縫いなど入ったのは時代が下る。糊が発明されて、友禅が出来上るまでの原始的な手法で、いってみれば不自由が生んだ美しいきものである。大まかな文様と、鮮やかな色彩は、どれを見ても美事だが、特にこのきものは、目を見はる程新鮮だ。島根県の清水寺《せいすい》という、小さな寺の所蔵で、徳川家康から拝領したという記録があり、最近発見されて重文に指定されるまでは、お祭りの時に使用していたという。どんなお祭りか、興味があるが、村人達に大切に使われたから、このようなきものも残ったのであろう。使う、ということは、一方では傷むかも知れないが、ものに生命を与えることである。

この文様は、丁字文《ちょうじ》といい、私は寡聞にして丁字なるものを知らないが、薬や染料に使われた植物で、大胆に文様化している所が面白い。香りも高い花と聞くからおめでたい意味で用いたのであろう。

辻ヶ花の語原については、まったく不明である。が、名古屋の近くに辻ヶ花の地名があり、あの辺はしぼりが盛んな所だから、もしかすると、それと関係があるのかも知れない。何にしろ、辻ヶ花という名前は懐しく、桃山時代を象徴する豊かな芸術作品といえよう。

（同、一九六九年二月号）

丁字文辻ヶ花染胴服(部分、島根・清水寺蔵)

秀衡椀

俗に「秀衡椀《ひでひらわん》」と呼ばれる食器である。室町時代頃から、主として東北地方で造られ、特に中尊寺のあたりに残っている。「秀衡」と名づけたのは、たぶんそこから出た名称であるとともに、大ぶりな形と、華やかな色彩が、藤原三代の文化を連想させたのではないだろうか。

先日、三越の上杉謙信展でも、これと同じ形の、黒と金一色の椀を見た。いかにも武将の料にふさわしい、胸のすくような作で、この種のものは、東北といわず、北陸でも近畿でも盛んに使われていたらしい。いわゆる民芸の部類に属するが、民芸の域を超えており、上手《じようて》の蒔絵と比べても少しも見劣りしない。大胆な雲形のふちどり、そこにあしらった金箔の味わい、鮮やかな朱と屈託のない筆使いは、私の好みからいうと、巧緻な蒔絵や砂子よりはるかに美しい。

これは三ッ椀といって、三重かさねになっているが、四ッ椀、五ッ椀、稀に六ッ椀というのもある。御飯と汁と菜で、三つあれば充分用が足り、済んだ後は重ねておけばいい。はじめは、僧坊とか戦場から生れた実用的な食器だったろう。ここに掲げたのは、桃山時代か、徳川初期にかかるかも知れないが、ふつうの民家で、このような器を用いたことを思うと、「昭和元禄」の繁栄も、あまり自慢にはなるまい。文化は日々の生活の中から生れる。美しいものに毎日ふれていれば、志操もおのずから堅固になり、立居振舞も正されるであろう。真の繁栄がおとずれるのは、それから先の話である。

(同、一九六九年三月号)

漆絵箔押秀衡椀の闊達な桃文（部分、日本民藝館蔵）

桜の水滴

七宝《しっぽう》は、古墳時代から日本で造られていた。正倉院にあるものは有名だが、平安時代以後、あまり見られなくなるのは、一時衰微したのかも知れない。それが桃山時代に至ると、突如復活する。重厚な造りと、深い味わいが、当時の人々に好まれたのであろう。平田道仁《どうにん》という七宝焼の名人も生れた。桂離宮の釘かくしや引手に、私達は七宝の粋を見る思いがするが、それでも一般的にいって地味なもので、青みがかった緑を主調にし、はでな色彩や複雑な文様が現れるのは、徳川期に入ってからのことである。

この水滴《すいてき》も、そういう意味で、間違いなく桃山時代の作であるが、実をいうと、中身だけが水滴で、外側のふちの部分は硯箱へ入れるためのおとしである。そのつもりで見て頂きたい。私は字が下手なくせに、筆で書くのが好きで、——というより、こういう物が好きなので、筆を使うようになったのかも知れないが、水滴から硯に水をそそぎ、ゆっくり墨をする間の、あの落ちついた気分は何ともいえない。生活が忙しく、その上私がせっかちときているから、よけいそういう時間を必要とするのだろう。写真にそえた筆は、中国の明の染めつけで、持った時の重さとバランスが気持いいので、常時愛用している。この筆や水滴に似合った硯箱がないのが残念だが、骨董は、待っていれば、必ずいつかは手に入るものである。待つ間のたのしみ、——それは墨をすっている間の静かな期待に似なくもない。

（同、一九六九年四月号）

桃山の七宝水滴に、明の染めつけの筆をそえて

花橘の櫛

象牙を紅で染め橘の枝をすかし彫にしてある。こういう手法は、正倉院の御物《ぎょぶつ》（たとえば物差し）などにも見うけられ、ずい分古くから行われたらしいが、今は失われているという。

写真で大写しにすると、いく分厚ぼったく見えるが、実際には非常にうす手な、軽い櫛で、女性がまだ大きな髷に結う以前、前髪だけとって、下げ髪にしていた頃、時代でいえば、桃山初期あたりに作られたものだろう。肉筆浮世絵の、たおやかな美女がさすのにふさわしい。

五月待つ花たちばなの香をかげば昔の人の袖の香ぞする　――古今集

この古雅な歌の姿を、そのまま浮き彫にしたような感じがある。これはたぶん男がよんだ歌で、どこからともなく匂って来るたちばなの香りに、ふと、昔の恋人を思い出したという程の意味だが、匂いというものには（或いは嗅覚というものには）、不思議に過去を甦らせる力があり、花の中でももっとも高い香りを持つたちばなが、生命の復活とか、再生を意味したに違いないことは、

たちばなは実さへ花さへその葉さへ枝に霜ふれどいや常葉《とこは》の木　――万葉集

という聖武天皇の御製からも想像される。伝説によると、垂仁天皇が田道間守《たじまもり》に命じて、常世の国から取りよせたことになっているが、前にあげた詠人《よみびと》知らずの歌も、作者不明のこの櫛も、そういう伝統の土壌の上に咲いた、美しい日本の花なのである。

（同、一九六九年五月号）

象牙紅染橘すかし彫櫛

胡蝶の縫箔

梅若六郎家に所蔵される能装束で、徳川秀忠から拝領したと伝えられている。縫箔というのは、銀、時には金箔で型を押した上に、縫いをほどこしたもののことをいうが、これは全体をびっしり銀でつぶし、蝶と薄《すすき》の文様を縫いで現した豪華な衣装で、いかにも将軍家拝領というにふさわしい。が、それはただ豪華絢爛というだけでなく、はでな中に何ともいえぬしぶさがある。単に時代が与えた効果だけではなく、いや、時代とか時間がもたらす恵みというものを、はじめから信じて作ったものに相違ない。

たぶん、中国伝来の上等な緞子《どんす》であろう。すき通った藍色の、薄手な、光沢のある生地で、雲形のような文様が織り出してあり、その上を構わず銀でつぶした為、所々すれたりやけたりして、えもいわれぬ味わいになっている。縫いも、この時代（慶長）のものはおおらかで、それが宗達風の文様とよく調和し、工芸美術というより、みごとな綜合芸術に昇華されているといえよう。

縫箔は、ふつう下着に使われるが、こういう特殊なものは、「羽衣」の天人とか、「蟬丸」のお姫様など、上着をぬいだ姿の場合に用いる。これをモギドウ（裳着胴か）というが、それにしても、下着であることに変りはなく、そんな風に、あまり目につかない所に心を用いるのが、日本の床しい伝統である。

（同、一九六九年六月号）

胡蝶文縫箔能衣装（部分、梅若六郎家蔵）

紅志野

鼠志野が窯変《ようへん》して、あかね色に仕上ったものを紅志野という。窯変というのは、読んで字の如しで、窯の中で火加減とか、釉《うわぐすり》の工合、その他もろもろの条件が重なり合って出来る一種の変り種である。だからこの香炉も、全体が美しいあかね色であるのに、所々ねずみの痕跡も止《とど》めており、それが面白い効果をあげている。こういうものを見ていると、焼きものはほんとうに、自然と人工、或いは神様と人間の合作に他ならないと思う。表に薄、裏に水草をあしらい、色合いといい、文様といい、志野の中での逸品といえよう。

これは私が生れてはじめて買った焼きもので、私にとっては思い出の深い品である。が、今は私の所蔵ではない。手放した理由は色々あるが、もっぱらお金がほしかったからである。骨董は、買ってみなくてはわからないという。が、売ってみると、もっとよくわかる。この紅志野への愛着から放れるのに、私は十年以上もかかった。

かつて所持した人達も、同じような思いをしたに違いない。その一人に陶器の鑑賞家として有名な青山二郎さんがいるが、包んである布に、彼の筆で、「これを持つものに呪いあれ」と書いてある。茶人ではないものに、香炉は不必要なので、青山さんは筆さしにして、しじゅうかたわらに置いて使っていた。私もそうしていた。呪われたかどうか知らないが、こんな美しいものに出合った為に、今もって私は、骨董界という魔道におち入って、呻吟をつづけている。

紅志野薄水草文香炉（桃山時代、高8.2cm、口径8.2cm）

（同、一九六九年七月号）

松の下露

小さな松葉に、大きな露を配した、涼しげな文様である。極くふつうの瀬戸の飯茶碗で、今まであげたものの中でも、もっとも庶民的な雑器であるが、その意匠の卓抜さは、たとえば乾山などにも匹敵するであろう。というより、乾山はまさしくこういう所を狙ったに違いない。自由で、屈託のない筆づかい、松葉の一つ一つにこもる勢いは、何万となく陶画を手がけた職人の、馴れと自信を感じさせる。

美しいものに値段はない。たとえ国宝でも、貰っても困るものがあるし、安くても二つとない逸品もある。無数にある日用品の中から、そういうものを見つける程たのしみなことはないが、私の経験では、むしろその方がむつかしい。掘出し物をいうのではない、同じようなものが沢山あって、区別がつきにくいのと、高価なものは、お金さえあれば手に入るが、安物の場合は、自分の眼だけが頼りだからである。

値段がないと同様、美しいものには時代もない。これなど徳川中期か末期か、私は知らないが、よほど人に使われたのであろう、底からにじみ出るような味わいがあり、程よい手ずれの跡もある。

日本の美術品は、使うことの中から生れた。そういう意味では、非常に人間的存在で、手に持ったり、口につけたり、洗ったり拭いたりする中に、お互いの間に愛情が芽生える。「味」とは、人間がつけた友情の刻印であり、物いわぬ美術品が、応えてくれたしるしである。
（同、一九六九年八月号）

瀬戸松葉露文飯茶碗の奔放な文様

武蔵野

行く末は空もひとつの武蔵野に　草の原より出づる月影　――新古今
むさし野は月に入るべき嶺もなし　尾花が末にかかるしら雲　――続古今
出づるにも入るにも同じむさし野の　尾花を分くる秋の夜の月　――玉　葉

山にかこまれた京都の人々にとって、尾花をわけて出で入るむさし野の月は、古くから憧憬の的であった。それは縹渺《ひょうびょう》とした旅情と、秋の寂しさを思わせる風景で、ついには「歌枕」と化し、実際に見た人も見ぬ人も、月といえばむさし野を想い、「むさし野」といえば月を意味するようになった。それらの歌を元に描いたのが、光悦・宗達によって創始されたいわゆる「琳派」の人々である。

この屏風の作者はわからないが、全体に金の砂子をまき散らし、上半分を金箔の雲で仕切り、下の方は一面薄の原で、可憐な秋草がまじる。その中から、今、大きな銀の月が出た。実に大胆で、しかも繊細な構図である。

外国人が見ても、ひと目でそれが月とわかり、美しいと讃嘆するであろう。が、私たちにとって、それは単なる月の出ではなく、秋の夜の風景でもない。業平《なりひら》が眺め、宗達が愛でた「むさし野」の月なのだ。月世界へ旅行する今日になっても、このことに変りはない。月の歴史はいってみれば此方側にあり、それは月そのものの生い立ちとか、月を征服した事実とは、何のかかわりもない感情なのである。

武蔵野図屏風（部分）

（同、一九六九年九月号）

紅葉の賀

「紅葉の賀」とは私が勝手に名づけただけで、この硯箱の銘ではない。が、もし銘があったら、きっとそんな名前で呼んだと思われるような、絢爛豪華な蒔絵である。

一面に紅葉を散らした上を、菱形で仕切り、菊・桐の紋章を置いている。この種の漆器を「高台寺蒔絵」というが、それは秀吉の死後、北政所が東山の高台寺に住み、伏見城の遺構を移しただけでなく、日常用いた調度のたぐいを、同時に寺へおさめたからである。その為高台寺は、桃山蒔絵の陳列場の観を呈しているが、秀吉夫妻を祭った厨子の扉には、幸阿弥《こうあみ》の銘があり、その一派の作者達によって造られたことがわかる。

この硯箱の出所は不明だが、いずれ伏見城か高台寺で使われたものとみて間違いはない。もしかすると、秀吉遺愛の品でもあろうか。北政所や淀君へ与えた文のいくつかが、この硯で書かれたかも知れないと想像することはたのしい。

蒔絵の技術が頂点に達したのはその頃で、それには秀吉の好みも反映したであろう。だが、完成ということは、既に頽廃のはじまりである。高台寺蒔絵にも、その兆候は現れており、型にはまった画一化が見られなくもないが、この紅葉の文様には、未だ技巧に堕さないうぶさがあり、こういうものを使用した秀吉夫妻の豊かな生活がしのばれる。

（同、一九六九年十月号）

蒔絵技術の粋を尽くした紅葉菊桐文硯箱（天面部分、サントリー美術館蔵）

遠山袈裟

大胆な構図と、あざやかな色彩が、粗い布地の上に浮き出して、アプリケのような効果をあげている織物である。文様は、簡単なほどこなすのがむつかしいが、関西へ行くと、これとそっくりな山があり、実に自然をよく見て、消化していると思う。

遠山《とおやま》の文様は、古くは袈裟だけに用いられ、きものに使ったのは桃山以後のことである。それには長い伝統があった。正倉院には、「糞掃衣《ふんぞうえ》」といって、ボロをつづったさし子があるが、これは印度の僧衣で、天平のはじめ頃、中国を経て日本に渡った。ボロといっても、大そう手のこんだ美しいさし子で、器用な日本人は、早速それを真似て「織成《しょくせい》」という織物を発明した。さすより織る方が簡単で、早いからだが、様々な色糸を使って、むらむらと織り出した文様は、未だ文様とはいえないものの霞のように美しい。その霞が、次第に形をなして、雲と化し、山に変じていった。鎌倉時代の絵巻物には、もうはっきりと「遠山袈裟」をつけた坊さんが現れるが、一つの文様の変遷も、そういう風に辿ってみると面白い。日本人の性格と、文化が発達した過程がよくわかる。

ここに掲げた袈裟にも、さし子がほどこされているが、任意にしたものではなく、印度のお手本の記憶を、かすかに伝えているのである。

（同、一九六九年十一月号）

遠山袈裟(部分、田畑コレクション)

鷺の群れ

黒い地に、銀と金で、鷺を描いた蒔絵の化粧箱である。ピンとはった足のするどさ、一杯にひろげた羽のたくましさなど、精悍な鳥の生態をよくとらえている。時代は永正・大永の頃（十六世紀初頭）、おそくとも天文を降るまい。新興気鋭の武士たちが台頭した時で、美術工芸にもそういう時代の精神が現れているのは面白い。

写真ではよくわからないが、全体で六、七匹の鷺の群れがおり、それが小さな空間に、たっぷりと描かれているのは、抜群の意匠だと思う。中には、真正面から睨みつけている凄い奴もいて、一つ一つが自由で颯爽とした姿をしている。お重のように重なった化粧箱であるが、上の蓋には楕円形の穴があいていて、そこは元結を入れる為であるという。化粧箱というからには、女性が使ったものに違いないが、あの頃の女性には、やさしい図柄より、このようなものが似合ったし、好んだでもあろう。

蒔絵も桃山時代の最盛期に至ると、装飾が勝ち（時には過剰になり）、はでに盛上がったものが多くなって行くが、ここに見られるような生き生きした迫力は失われてしまう。たとえ宗達といえども、このような気魄と、潑剌さに欠ける。室町末、桃山初期の中間に、すい星の如く現れて消えた戦国の武将たち。この鷺の群れをみつめていると、彼等の魂が甦って来るような感じがする。

（同、一九六九年十二月号）

躍動感あふれる鷺を巧みに配した蒔絵化粧箱(側面部分)

美の遍歴

古代ガラス

ガラスは紀元前二世紀ごろから、エジプトで盛んに作られたという。それがペルシャを経て中国に渡り、日本に将来されたのは、大体四、五世紀であろう。正倉院の文書には、六十五万個も作った記録があり、現に六万個以上保存されている。

上図にあげたのは、紫ガラスの腕輪で、古墳から発掘されたものである。両端に止め金の跡とおぼしき金色がほのかに残り、勾玉《まがたま》をくずしたような形と、深い紫の色が美しい。質がいいので、材料は外国から来たかも知れないが、自然な姿は疑いもなく日本のもので、たおやかな万葉の佳人たちを連想させる。

ガラスは琉璃・玻璃、もしくは単に玉と呼ばれ、当時は宝石と同じ貴重品であった。下図の写真も、すべてその頃の装身具だが、玉は魂に通じるところから、美しいものを身につけることにより、美しい魂が依ると信じられていた。利殖のために宝石を買う合理精神とは、うらはらな日本の美の伝統である。

（「婦人之友」一九七〇年一月号）

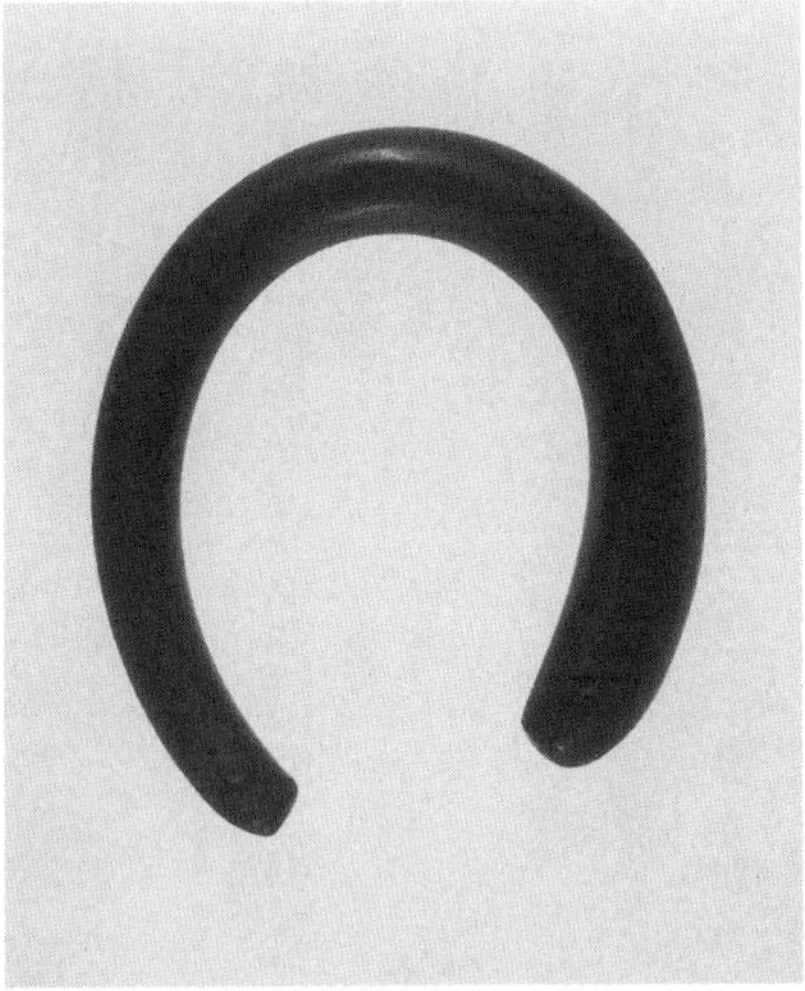

紫ガラス腕輪　写真＝牧 直視（以下とも）

さまざまな装身具

信楽うずくまる

焼きものの町信楽は、近江の南端甲賀郡にあり、聖武天皇の紫香楽《しがらき》の宮跡、須恵器を焼いた窯跡なども遺っている。

信楽の焼きものは、そういう長い伝統の中から生れた。農家で使った日用品で、茶壺とか種壺の類を、室町時代の茶人が取りあげ、花生けなどに広用した。ここにあげたのも、鎌倉・室町ごろの作で、たくましい縄目文様が胴を巻き、まったく作為のない自然な姿が美しい。

釉も人工的なものではなく、薪木に使った赤松の油煙が流れ、鮮やかな色に窯変する（窯の中で色が変化する意）。これを自然釉と呼んでいるが、まことに陶器は神と人の、あるいは自然と人間の合作であることを思わせる。

うずくまる、という名前もいい。高させいぜい二十センチまでのものをいうが、それはほんとうにうずくまっている。こういうものを眺めていると、私たちの心も、謙虚に、和やかにならざるを得ない。

（同、一九七〇年二月号）

信楽檜垣文うずくまる（高17cm、胴径17cm）

古伊万里赤絵皿

伊万里は文禄・慶長の役に際して、朝鮮から連れて帰った陶工によってはじめられた。最初は染めつけ（呉須で描いた青い文様）だけだったが、十七世紀ごろから赤絵も造るようになったという。

ここにあげたのは、その初期のもので、ただし上図の桜文様の皿は、少し時代が下るかも知れない。有田とか、鍋島と呼ばれる磁器に似ており、線が細く、胎土も硬質で、全体に繊細な感じがする。

下図の皿も、昔は九谷といわれていた。九谷の方が有名で、値段も高かったからである。が、最近は研究が進んで、伊万里の赤絵として認められるようになった。私の好みからいえば、高価な九谷より、この方が面白く、乙に澄ましていない所がいい。もともと庶民の日用品であったから、雑に使っており、少々はげたりかすれたりしている所に味わいがある。文様も無造作に描いてあるのが美しく、あやめはあやめらしくのびのびと、椿は椿らしくしっかりと、小さな皿の中におさまっている。

（同、一九七〇年三月号）

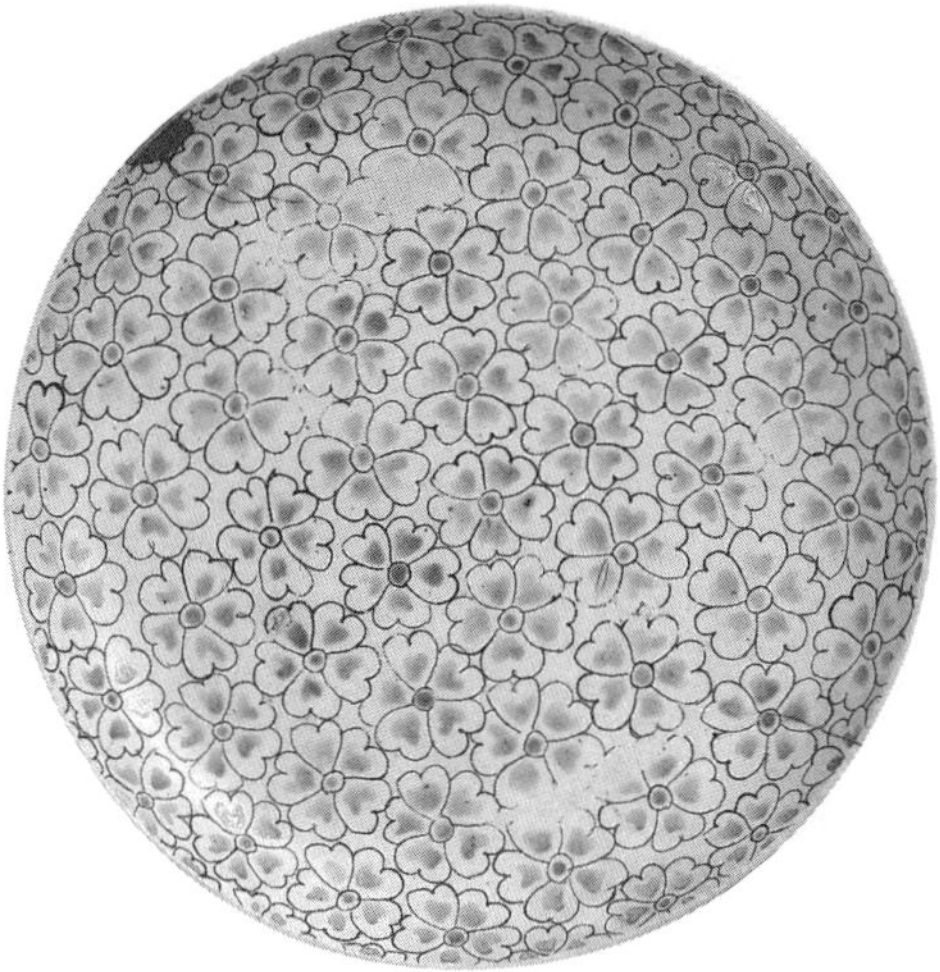

古伊万里赤絵桜文皿

あやめ文、椿文の初期伊万里赤絵皿

肩裾文様

肩裾文様と呼ばれるのは、肩と裾の部分を雲形に仕切り、花鳥などの縫いをほどこしたものをいう。ここにあげたのは典型的な桃山時代の小袖で、袖の幅のせまいのが特徴である。大名の夫人の肖像画、たとえば高野山に遺る浅井長政夫人、お市の方もこのようなきものを着しており、打掛けの下に着るので、間着《あいぎ》ともいった。

それで上下の見える所だけに文様をつけたのだが、無地の部分がおのずからなる余白をつくり、あたかも雲をへだてて花を見るような効果を与えている。

室町・桃山の頃から、しきりに武将の間で好まれたが、既に鎌倉時代の絵巻物などにも、庶民のきものに肩裾文様が現れ、その発生が意外と早かったことに気づく。同じく下層階級の武士によってそれが取上げられ、次第に発達して、上等な絹や縫いを用いるようになった。別の言葉でいえば、それは民衆の中に生れたきものであり、後世の裾文様の原型といえる。

（同、一九七〇年四月号）

小袖（桃山時代、関市・春日神社蔵）

うるし絵盆

一般的にいって、私は、蒔絵より漆絵の方が好きである。蒔絵には色々種類があるが、簡単にいうと、漆で文様を描いた上に、金銀の粉をまいて密着させたもので、漆絵は、じかに色漆を用いて描いたものをいう。

上図にあげたのは、角切《すみきり》盆といい、根来《ねごろ》などによくある型である。時代は桃山ぐらいであろうか、朱に金箔をあしらっており、のびのびした構図が美しい。特に草の茎の真直ぐ立った線はあざやかで、こういう生き生きした絵は、手のこんだ蒔絵などでは表せない。

下図の三蓋松《さんがいまつ》の盆は、買った時は松だけの文様と思っていたが、よく見ると、一番上に小さく竹の葉が描いてあり、二番目と三番目の松には、梅の花がついている。それで「松竹梅」ということがわかったが、昔の人は心にくい工夫をしたものである。

その横にちょっと顔を見せている盆は、漆絵ではないが、真中から黒と朱の漆でぬりわけてあり、このような意匠を「片身がわり」という。きものなどにもよく用いた大胆な趣向で、こういう盆は上に物をのせると映える。

（同、一九七〇年五月号）

草文漆絵角切盆（径31.8cm）

松竹梅文漆絵盆（左、径36.7cm）と片身がわり漆盆（右、部分）

和蘭陀陶器

南蛮船がしきりに渡来した頃、というのは信長・秀吉の時代であるが、舶来趣味が一世を風靡した。特にお茶の世界では、利休などが取りあげて道具に使ったので、その当時のものが沢山残っている。

オランダはデルフトの陶器で今も有名だが、乳白色のやわらかい肌に、瀟洒な文様をつけた食器の美は、日本人の好みにぴったりし、こちらから注文した場合も多いようである。

この茶碗も桃山時代に渡ったもので、桔梗だか桐だかわからない唐草文様にも、エキゾティクな美しさがある。オランダに行けば、こういうものがあるかと思って、探してみたが、向うには一つもない。やはり選んだのは、日本人の眼であり、茶道の伝統といえよう。とすれば、造ったのはオランダ人でも、もはや日本の陶器と呼んでさしつかえないと思う。室町・桃山の辻ヶ花染を見るようで、時代の精神というものが、外国渡来の品にまで現れているのは面白い。

(同、一九七〇年六月号)

和蘭陀唐草花文茶碗（高7.0cm、口径9.3cm）

狂言衣装

素襖《すおう》はひたたれの一種で、はじめは庶民が着用したものだが、後に侍も用いるようになった。布地は麻で、大きな紋をつけるのがふつうである。ここにあげたのは、二つとも、たぶん狂言の衣装で、大名が着る。それも間のぬけた殿様ではなく、しっかりした性格の大名に用いている。能装束とちがって、狂言には庶民的な、面白い文様が多いが、これは特に洒脱なもので、時代も室町末期にさかのぼるであろう。

染めものが完成するのは、元禄時代で、まだその頃には使いやすい糊も、染料もなかった。その不自由さが、ここに見るような、しっかりした線と形を生んだのだが、どんな技法を用いたか、専門家にもはっきりとはわかっていない。ただ糊と型を用いた染めものでは、最古の遺品で、あまりこまかい神経を使わず、欠けた所は欠けたなりに、よろけた線もそのままにして、豊かな気持で作っているのが、このような美しい作品となった。これは現代の私たちが、もう一度考え直していいことだと思う。

（同、一九七〇年七月号）

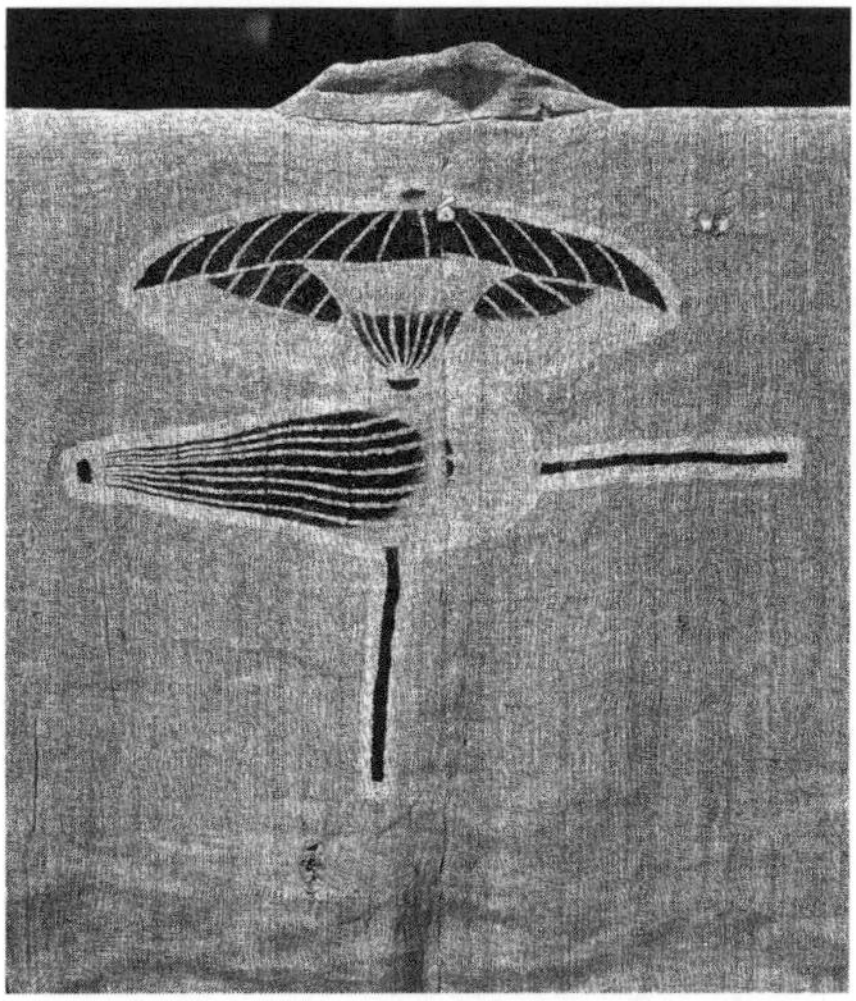

傘文素襖（部分、東京国立博物館蔵）

草花色紙文素襖（関市・春日神社蔵）

彩絵檜扇

熊野速玉《はやたま》大社の御神宝である。御神宝とは、神の御料に奉納した宝物の意で、日常の生活に用いるものが多い。速玉大社の女神を「夫須美《ふすみ》の神」（結びの神）というが、この檜扇《ひおうぎ》を供えた人々は、十二ひとえの美しい姫神を想像したのであろう。熊野には有名な「扇立祭」もあるから、あるいはその行事に用いる為に、こんなに多くの扇が保存されているのかも知れない。

いつ頃のものか、はっきりした記録はないが、明徳年間に足利義満が、装束その他の調度品を献上しているから、たぶんその中の一部であろう。全部で十本〔現、十一本所蔵〕ある。檜扇は、文字どおり檜の薄板を色糸でつづり合わせたもので、若い人たち（女童《めのわらわ》）には、杉を用いるのがさだめであった。四季折々の花鳥を描き、王朝の気分をただよわせているが、画風はやはり室町期のもので、このような絵画が、後世の琳派の元となった。のびのびした筆勢は、宗達を思わせるが、宗達より古拙な味わいがあり、時代の相違は争えないものだと思う。

（同、一九七〇年八月号）

紅葉図（右）と雪景図檜扇（部分、熊野速玉大社蔵）

むぎわら

線描だけの文様を、むぎわら、もしくはむぎわら手という。むぎわらに似ているからで、いかにも洒落た名前だと思う。

中国の明末・清初（十七世紀ごろ。桃山末期）には、特に沢山見られるが、あるいは日本から注文したものかも知れない。むぎわらばかりでなく、その頃の中国陶器には、日本の茶人の好みで作らせたものが多いのである。

上図の写真は、向付で、細い線だが、接写してみると、一本一本に強い力がこもっていることに驚く。染めつけ（青い色）がふつうだが、これは珍しく染めつけに釉裏紅《ゆうりこう》が交わっている。釉裏紅というのは、紅の上に釉をかけるやり方で、釉は銅を用い、こういう紅色を辰砂《しんしゃ》ともいう。

幕末ごろから、日本でもむぎわら手を盛んに作るようになり、今でも作っている。主として瀬戸のやわらかい焼きもので、それぞれ文様に変化があるのが面白いが、残念なことに現在は、このように闊達な線はひけなくなってしまっている。

（同、一九七〇年九月号）

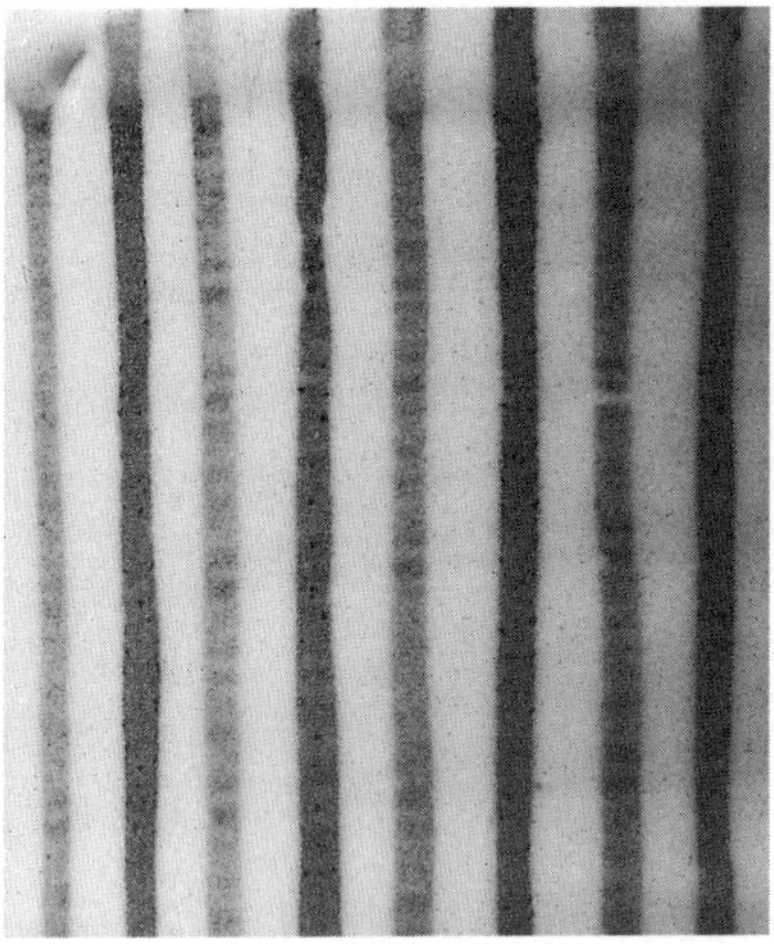

染めつけと釉裏紅を交互にあしらった向付
の力強い線描(部分)

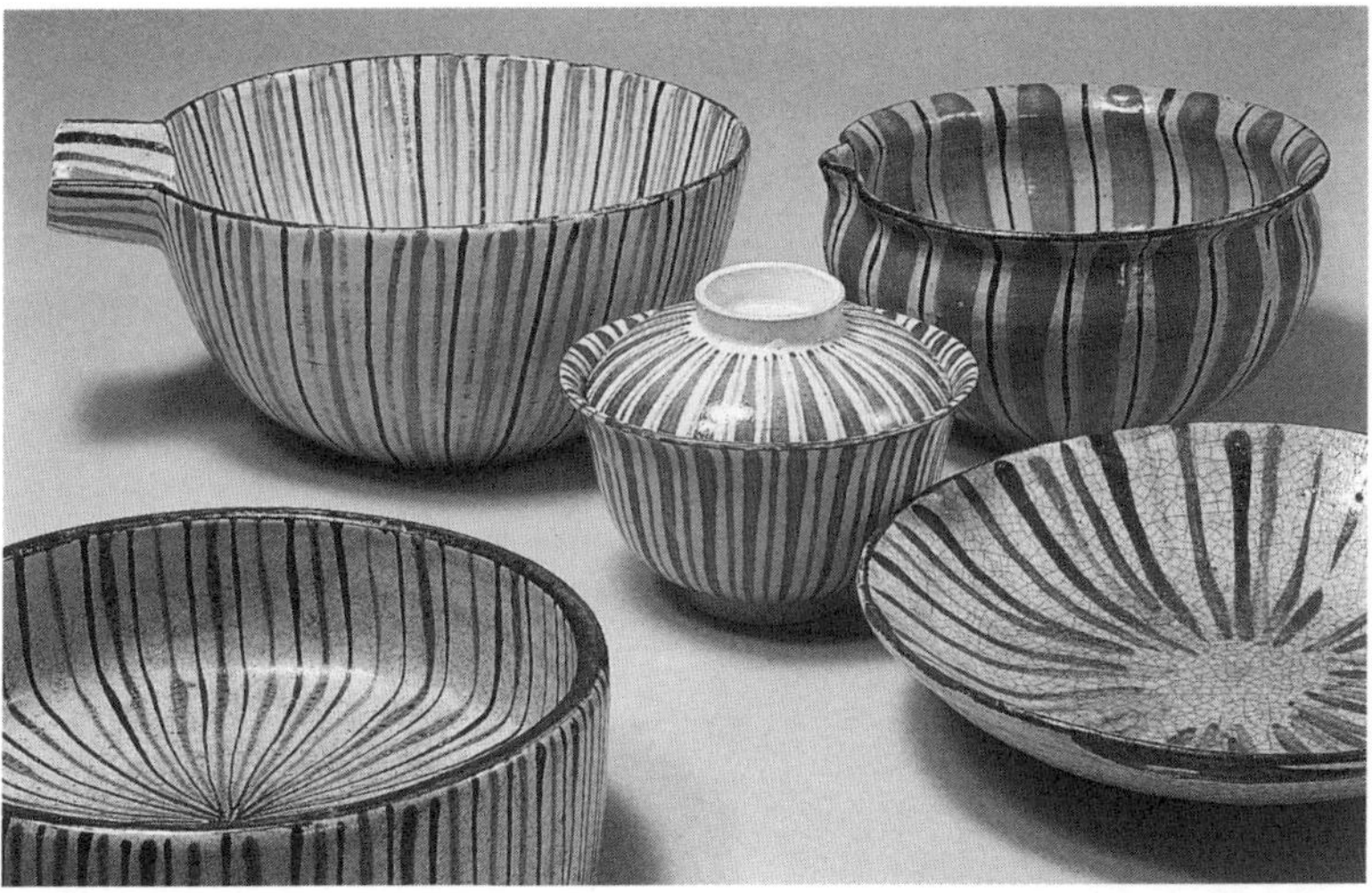

むぎわら手雑器

誰が袖

誰《た》が袖《そで》とは誰が名づけそめしぞ。そういいたくなるような雅《みやび》やかな名前である。

桃山時代に、肉筆浮世絵というものがはやった。いわゆる「浮世絵」の前身だが、そこで重きをおいたのは、人間の生態より、どちらかといえば、きものの風俗で、どれ一つをとってみても、粋をつくした意匠が描かれている。しまいには、人間はいなくなって、主のないきものが衣桁《いこう》にかかるようになり、そこから逆に美しい女性を想像するようになった。それはついに文様の名称の一つとなり、漆や染めものにも用いられたが、この場合は、金地の屏風に描いてある。

特に「袖」を重要視したのは、平安朝以来の伝統で、御簾《みす》の外に、様々の色を重ねた袖を出して、妍《けん》をきそった風習から出たと思われる。日本のきものの袖には色々な表情があり、衣桁にかけた場合でも、動きがあって、媚《なまめ》かしく見えるからであろう。

誰が袖屏風は、ずっと後の徳川時代まで作られたが、ここにあげたのは、極く初期の作で、きものの形や文様が古いだけでなく、衣桁もすっきりした青竹を用いている。

（同、一九七〇年十月号。入朱有）

誰が袖六曲屏風（部分、芹沢銈介美術館蔵）

絵瀬戸大鉢

先日、陶芸家の荒川豊蔵氏をお訪ねした時、いろりの傍においてあった。荒川さんのお家は、岐阜県の大萱《おおがや》という所にあり、桃山時代の窯跡に住んでいられる。近くの山には、志野や織部の窯跡が沢山残っており、この鉢もそこで生れたものらしい。茅葺屋根の田舎家によく似合い、正に所を得て、安心しきっているように見えた。

美濃は古くから焼きものの発達した土地で、志野や織部だけでなく、瀬戸も青磁も作った。この鉢は、石皿系の雑器だが、自由奔放な絵がすばらしい。勢いあまって、ふちまではみ出た所なぞ、真似の出来ない面白さがある。ふつう石皿は藍を使っているのに、鉄砂だけで描いてあるのは、時代が少し古いのかもしれない。といっても、徳川初期を溯りはしまいが、石皿はげて物なので、すぐ飽きる。そこへいくと、同じ雑器でもこのような傑作は、志野・織部と並べても、見劣りがしないし、見飽きもしない。

（同、一九七〇年十一月号）

瀬戸葡萄文大鉢（高13.0cm、径45.5cm、豊蔵資料館蔵）

日月屏風

河内の金剛寺に蔵される「日月山水屏風」である。一双あって、片方は春から夏へかけての風景、もう一方は雪に埋もれた山を描いている。それぞれに日月を配しているのは、一種の曼荼羅(宇宙観)として、拝むために造られたことがわかる。あざやかな緑の春景色は、方々に紹介されているが、雪山の方は地味なので、あまり人に知られてはいない。が、大胆な構図と、簡潔な色彩は、春の屏風にまさるとも劣らない。時代は室町といわれるが数ある山水画の中でも、もっとも美しい逸品といえよう。

金剛寺のあたりを歩くと、これとよく似た景色に出会う。ちょうど大和の葛城山の真裏に当っており、雪の山はそれを写したものに違いない。葛城は、昔から神山とされ、大和の側からも、河内の側からも、崇敬を集めていた。古代信仰の長い歴史と自然を尊ぶ敬虔な心が、このような傑作を生んだのであろう。

日月山水屏風／春夏（部分、河内・金剛寺蔵）

同屏風／秋冬（部分、同寺蔵）

あとがき

二年間にわたって、好きな美術品を自由にえらばせて頂いた。中には美術品とはいえないような、ふだん使いの道具から国宝級の名品まであるが、一貫した筋は通っているつもりである。もともと日本の美術品は、すべて生活から生れたもので、ただ鑑賞するために作られたものは、一つとしてない。日常美しいものにふれていたから、あのように多くの名作を生むことが出来たのである。そういう厚みを知って頂きたいと思った。

写真も、編集も私の意を汲んで下さったことを感謝したい。このような場合、あくまでも写真が主で、文章は従である。つとめて通り一遍の解説は省くようにしたが、写真がよくなかったら書く気にもなれなかったと思う。お蔭様で私も、よく知っている美術品を、とくと見て、あらたに発見したことが沢山あった。

(同、一九七〇年十二月号)

2

前進あるのみ

私の周囲の人々は、友達から親類に至るまで、殆ど全部没落してしまった。もし戦争がなかったら、——私たちはふた言目にはそんな事をいう。では戦争がなかったら没落しなかったかといえば、おそかれ早かれそうなる運命であったとしか思えない。その証拠には切りぬける人はちゃんと切りぬけている。爵位とか財産とか、そうした偶然によって辛うじて形を保っていた人々にとって、ほんとうに失ったものは、実は何一つなかったのである。

個人の自由、男女同権、民主主義等々、終戦直後与えられた当座はいかにも新鮮に思われたものも、七年を経て落着いてみると、ただ言葉が珍しかっただけで、別にこと新しくとりたてる程のものでなかった事に気がつく。自由な人間は占領によって自由を得たわけでなく、どんな圧迫のもとでも同じであったに違いない。法律は男女同権をみとめたが、それによってどれだけの女が男と平等になったか。どれ程実質的に進歩したか。民主主義にしても同じことである。そう考えると人間ほど、頑固なものはない。一度や二度の占領で、到底変るものではないことを痛感するばかりである。

道往く人はチュインガムを噛み、アロハシャツを着ている。外国人と付合って、はじめて外国人を知ったという。が、ひと皮むけば私たちは依然として昔のままの日本人である。得たものも失ったものもない。得る人は勝手に、占領からしこたま（精神的にも物質的にも）得ただろうし、また、失うことによって得る場合の方が多いことを思えば、そう簡単に二つの問題をわけて考えるわけには行かない様な気がする。しいて云えば、「与えられることはそのまま得ることにはならない」教えを得たともいえようか。そして、失ったものについては、今さら過去をふり返ってみても始まらない。ただ、前進あるのみ。二つの問いに対して私の答えは一つしかない。

（文藝春秋臨時増刊「アメリカから得たもの失ったもの」一九五二年）

明恵上人のこと

『華厳経』について、私はほとんど何も知らない。明恵上人《みょうえ》を書いた時、いうまでもなく明恵は華厳中興の祖と呼ばれる人だから、一応知っておかねばならないと思い、読んでみたが、一応どころか一生かかっても及びもつかないことがよくわかった。それは東大寺の大仏の蓮弁一つを見てもわかるはずのことで、改めて自分の愚かさを思い知るだけに終った。

今度出版される本は、きっと私の望みを叶えてくれるだろうと、楽しみにしているが、そういうわけで、こんなところに書く柄ではないと、何度もお断りした。が、編集者さんは強弁で、では何故明恵に興味を持ったか、その動機について語れという。動機なんてものは、当人にもはっきりしないものだし、いえたところで面白いはずはない。面白くないのは承知の上で、仕方がない、思い出してみることにしよう。

明恵の名を覚えたのは、実は大変小さな時なのである。春日龍神の仕舞を、梅若実さんに習っていた。春日龍神というのは、天竺《てんじく》へ行きたいという明恵上人を、春日の明神が引止めるお能であるが、その止める所がなかなかうまく行かない。「はい、もう一度。ミョウエショウニン、サテニットウ（入唐）ハ、トマルベシ。トテン（渡天）ハイカニ、ワタルマジ……」。手どり足どり何十ぺん直されたかわからない。実さんは、子供に対しても、そんな熱心な先生であった。

　小学校へ上る前のことだから、むろんミョウエが誰か、トテンが何か、知る由もなかった。ただそこの所の語呂のよさとか、はずみがついて行く面白さとか、他愛もないことが印象に残っている。が、いくら他愛なくとも、白紙の子供心に刻みつけられた記憶ほど強いものはない。今でも明恵というと、私の耳に聞えてくるのは実さんの、「ハイ、ミョウエショウニン」という肉声であり、両手を持って示された形であって、高邁な華厳の思想でもなければ、仏教の教えでもない。上人には申しわけないけれども、そんなふうにして、明恵の名は、私にこびりついて離れなくなった。

　十年余りたって、はじめて高山寺の「明恵上人樹上座禅像」を見た時は、だからはげしい衝動を受けた。その後、京都の博物館で修理中、工房の中でゆっくり見せていただく機会を得た。美しい松林の中で、明恵が一人瞑想にふけっており、小鳥がまわりを飛び、栗鼠《りす》が上から見おろしている。何という和やかで、力づよい風景。最初の印象は消え失せたが、どこからともなく静かな感動が湧いて来て、よく知っているくせに、まったく未知の人間のように見えた。

　動機といえば、それが動機かも知れないが、せっかちな私は、すぐにもこの優れた坊さんを書きたいと思った。そのことを小林秀雄さんにお話しすると、「生意気な！」と一言のもとにはねつけられ、私はがっくりなった。十五年ばかり前のことである。だが、私はあきらめたわけではなかった。その間に、伝記を読んだり、紀州の遺跡を訪ねたり、高山寺へ通ったりして、いつか書ける日が来るかも知れないと念じていた。亀井勝一郎さんにもお目にかかった。亀井さんは上機嫌で、大変よくお飲みになり、鎌倉時代の仏教について、いろいろ親切に教えて下さったが、後から聞くと、もうその時は病状が進んでおり、癌ということもご承知で、翌日入院されたという。私は亀井さんをよく存じあげなかったが、そういう方だと後に知った。

その時のお話に、おかしなことがあった。亀井さんは私に、しきりに明恵を書くようすすめられ、「小林君もあんなにすすめていたではありませんか。わたしはあの時傍にいて、聞いていたのですよ」といわれた。今もいったように、私は小林さんに一喝されたことしか記憶にない。だから、二度と話題にした覚えはない。にもかかわらず、亀井さんは、断じてそんなはずはないといわれる。これはどちらかが間違っているのかもしれないが、おそらくそうではないだろう。人は、自分の聞きたいことしか耳に入らぬものである。きっと私は、自分で内心「生意気な」と思っていたから、小林さんの何げない言葉をそう受け取ったので、亀井さんはといえば、人事なのでいい方にとって下さったに違いない。些細な私事にすぎないけれども、私には今もって薄気味わるいことに思われる。大きくいえば、歴史というものも、そういった工合にでき上っているのではないだろうか。

それがきっかけとなったかどうか、私にもよくわからないが、とにかくそういう次第で私は明恵上人を書いた。が、いまだに「生意気な」と思っていることに変りはない。明恵は書いても、私にとって、それはまだ終ったわけではないのである。

（『仏教の思想』月報四、角川書店、一九六九年。入朱有）

犬はDogではない

新潮社の「波」という雑誌に、福原麟太郎先生が、こんなことを書いていられた。外国語を修得することのむつかしさについて、「私どもは、ときどき、犬はどうしてドッグなのだと、金切声をあげて、神様をゆすぶりたくなる」と。

私は思わず吹き出し、次に、笑い事じゃないと反省した。外国語の修得に命をかけた方達は、常にそういう嘆きを味わっていられるに違いない。そこへ行くと、我々素人は呑気なもので、通じさえすればいいと安心し切っている。はたしてそれでよいものだろうか。

英語に関するかぎり、私はいく分変則的な教育をうけた。父は外国生活が長かった為か、日本で英語を習っても無駄だといい、私はひと言も知らずにアメリカへ留学した。十四歳であった。最初の二三ヶ月はひどく不自由したが、子供のせいかすぐ順応し、半年経った時には日本語を忘れていた。といっても、話せなくなっただけで、読み書きまで忘れてしまったわけではない。話し言葉には、音楽の節に似た所があり、しじゅう聞いていないと喋れなくなる。ただそれだけのことにすぎないが、当時の記憶を辿ってみると、どうも私は貧弱な英語のvocabularyで、一切の物事を考えていたらしい。この頃の言葉でいえば、あきらかにそこには「断絶」があり、日本語を英語に翻訳した覚えはない。この経験は、後々までもつづき、今でも英語で話す時は、英語で物を考えている。したがって、翻訳することが不得手というより、まるっきり出来ない。犬は犬、DogはDogで、犬がDogであったためしはないのである。

だから変則的といったのだが、それでどうにか過して来た。その後、勉強したことはないから、私の英語はついに子供の域を出なかった。べらべら喋るからといって、英語が巧いと思ったら大間違いなのである。それはたとえば日本の芸術とか、思想について語る時に痛感する。翻訳する訓練に欠けているから、忽ち私は失語症におちいり、日本語が恋しくなる。

そこで、はたして私が考えているDogという動物も、ほんとうにDogなのだろうかという疑いを持つ。そう思ったとたん、何だか犬に似て来るみたいで、外国語も外国人も、しょせん不可解なのだと思ってしまう。こんなことを書いて、私は読者を失望させるつもりはない。「犬はDogではない」と認識するところから、改めて付合いをはじめることによって、お互いに理解を深めることが出来るのではないだろうか。日本人がとかく誤解をうけやすいのも、たやすく他人（この場合は外国人と外国語）を受け入れるからではないか。国際的になるということは、何も外国人に似ることではない。似て非なるものほど縁の遠い存在はなく、誤解を与えるものはない。東は東、西は西、今こそ自他の区別をはっきりさせる時だと私は思う。

（「英語研究」一九七三年二月号。入朱有）

きものをつくる人達

きものの店をはじめて十年になるが、最初はどうしていいか見当もつかなかった。きものについて、多少の知識はもっていたものの、自分の好みにとらわれてはなるまい、そう私は思っていた。

これはまことに殊勝なような考え方だったが、現実にはそうはいかなかった。もし売れなかったら、私がかぶろう、そう覚悟して作ったものだけが売れてゆく。反対に、自分は好かないが、こういうものが世間でははやっているらしいから、そんなふらふらした腰つきで仕入れたものは残ってしまう。これは意外でもあり、嬉しいことだったが、はじめに私が殊勝と思った考え方は、実はお客を見くびったやり方であり、世間はそんな甘いものでないことを知った。

以来、自分が満足するものしか売らないことにしているが、自分が好きなものを人に勧めるのが、ほんとうのサービスだと今では信じている。よく、お客さんが迷っているような時、「それはお好きずきですから」なんてことをいうが、あんな冷たい言葉はないと思う。

一般的にいって、近頃は純粋な商品になってしまったが、昔はきものを楽しんで作る呉服屋さんが多かった。もちろん、商売だから売るのは当然だが、現在のように問屋とお客の間にあって、単なる「物」として扱うのではなく、きものを愛し、作ることに喜びを持ち、一人一人が自分の個性を生かしていた。それは商人というより、どちらかといえば、職人のほうに近かったのである。

大彦《だいひこ》というのは、今でも有名な老舗だが、先代のおじいさんというのは、いかにも大店の主というような風格の持主で、品のいい穏やかな人物であった。私がまだ小さな子供の頃だが、世田谷に隠居所を作ったから遊びに来いと、母といっしょに招ばれたことがある。その頃の世田谷というのは、畠の中に雑木林があり、その向うに富士がのぞめるといったような、まったくの農村で、行くのも一日がかりだった。そんな景色の中に、数寄屋風の簡素な造りの家がぽつんと一軒建っていたが、おじいさんが障子をあけて庭を見せてくれたとき、私は子供心にも感歎した。ただ芝だけで、遠山の形をつくり、所々に一本、三本というふうに小さな木が植わっている。それだけの単純な庭なのだが、感心したのは、それが完全にきものの模様になっていることだった。

おじいさんは、この庭にはずいぶん手がかかったが、ようやく落ちついたのでお招びした、そういう意味のことをいったが、遠山の形にも、木の配置にも、一分のすきもなく、せまい庭がまるで冬枯れの遠山を見渡すように、広く深く見えたことを思い出す。庭として名園とまでいかなくても、そこまできものに生き、生活の中にしみとおっていたのは美事である。母などはたちまち心酔して、そのとおりの模様を注文したように覚えている。このおじいさんの場合は、自分のたのしみと商売が完全に一致していたといえよう。当時はまだ人が目をつけなかった辻ヶ花や古い友禅のたぐいも、参考品としてより、骨董品のように集めてたのしんでいたが、大彦の蒐集といえば、今では貴重な存在となっている。

そういう人が当時のいわゆる呉服屋だったから、きものを注文するのは時間もかかったが、おもしろかった。ただお金とひきかえに買うのではない、付合いの中から自然に生れてくる。みんな絵が上手だったから、お客をモデルに、さらさらと目の前で描いてみせる。彩色もしてくれる。それもこっちの注文にそって、自分の思うところを生かすというやり方で、決して自分を主張したりしない。そこのところの兼ね合いは堂に入ったもので、たとえばお茶の精神などに共通するものがあった。自分のものを持っているから、そういう付合いもできたので、現代のように個性個性といって、個性を失っている時代もないと思う。失っているから、気にするのかもしれないが、この頃はやっている、伝統の再発見とか、古典を現代に生かす、なんてことも彼等はひとこともいわず、考えもせず、おのずから発見し、生かしてもいた。

福田屋千吉さんという、おもしろい男もいた。この人は大彦さんとは正反対の、ずぼらな人間で、「ずぼ千」という綽名があるくらいだったが、きものの感覚には天才的なものがあり、気が向くと胸がすくようなものを作った。そのかわり、気が向かないとほっておくというふうで、大彦さんをりっぱな旦那とすれば、彼は生粋の職人かたぎで「飲む打つ買う」に欠けたところがなく、いつもお金には困っていた。が、きものに対する情熱はだれよりも強く、きものの話になると、われを忘れるふうだった。男の人にとって、女のきものを作るのが、なぜそんなに楽しいのか、私はあるとき興味をもって聞いてみると、

「大きな声じゃいえませんがね、あっしゃ、奥さんがたのきものを作るときでも、みんな自分の情婦《いろ》に着せると思って作るんですよ。そうでなくっちゃ、いいきものはできません」と確信をもって答えた。この話は前にも書いたことがあるが、先日、工芸作家の関口信男氏にお会いしたとき、こんなことをいわれた。

「あの、福田屋さんの話ね、あれでわたしは目が開けたように思ったんですよ。わたしは、それまでだれにともなく、純粋にいい作品を作ろうと心がけてきた。が、それは抽象的な考え方だってことが、よくわかりました。あの話を読んだとき、きものを作る秘訣はこれだ、と合点がいったんです」と。

絵画は家をはなれ、陶器はオブジェと化し、最近はきものさえ展覧会で見物する作品となりつつある。が、着られないものなんて、いくら美しくても意味がない。その点、他の美術工芸品よりまだ健康といえそうだが、そんな当り前のことを改めて考えたり、見直さなくてはならない今日この頃なのである。

（掲載誌不詳、入手有）

奥様のきものについて

奥さんの着物について書けという事ですが、昔は奥さんなら奥さん、芸者なら芸者という風に、髪かたちから持物に至るまでちゃんとしたきまりがあった。それは他のすべての事、言葉はもちろん、生活全般にわたって動かす事の出来ぬ規範があったので、その範囲内で生活していれば決して間違いはなかったのです。

これを一概に封建的といって笑えないのは、すべての人が芸術的である筈がなく、趣味がいいときまっているわけでもないのですから、家の調度にしろ着るものにしろ、その伝統を守ってさえいれば、どんな人でも安心して自分にふさわしい物を選ぶことが出来、落着いてその中に安住していられたのです。

その様に昔は「物」によって生活が秩序だてられていたので、よけいな事に頭を使わず済んだのですが、それがだんだん、ことに今度の戦争で完全にくずれてしまった。今ではどこを見渡しても「格式」といったようなものはなく、奥さんと芸者、芸者とバアのマダムの区別も殆どないといっていい。誰が何だかさっぱり解らなくなったけれども、そういう所に現代女性の実相があるのだから仕方がない。そこにまた、面白さも、あるのだと思います。

別の言葉で云えば、それは今まで一般奥様、一般芸者衆であったものから、一人一人の個人にわかれたという事が出来ます。ですから着物一つをとって見ても、実際には「一般向き」というものは考えられない。自分に似合うものが一番いい、——という事になると私は、自分の好みを書くより他なくなります。で、私はここに自分の事ばかりしゃべりますけれど、参考になるかどうか解りません。人に強いようとも思いません。なるべく、考えずに済むものなら考えないでいたい、というのがほんとうの気持です。


奥様達の着物は、品がいいというのが第一条件です。

が、品がいいとは一体何でしょう。品のない人が、いくら品のいい柄を着てもはじまりません。せめて着物だけでもと思うのは間違いで、反対の結果を招くだけです。この頃流行のゆうきなどにしても、野暮な人が着ると却って田舎くさくなる。野暮だからいけないというのではない。それにはそれにふさわしい物があるのだから、そういうものを選べば間違いはないのであって、ここでもまた、自分に似合うものが一番いい、と言わねばなりませんが、それには自分を知るという事が先決問題です。これはもう着物の域をはみ出た大問題になりますけれども、どうせお洒落をするならそこまで行かねば意味がない。そういう風に私は考えております。

で、「品がいい」というのは確かに一得ではありますが、これは生れがいい、というのと同じような意味で、実際にはつまらない事なのです。生れのいい人は、何がなくともそれだけで通用するように、品のいい着物は何といっても安全です。私がいうのは「御所どき」とか「唐織模様」とか「紋柄」みたいなものですが、先ず誰が着てもこれなら間違いはない。が、間違いがないものは、いつでもつまらない。「名人は危うきにあそぶ」といいますが、陶器でも絵画でも、舞踊に至るまでそうであるように、およそ一点非の打ち所のない完璧なものは、いいには違いないが面白味に欠けます。着物にしたって同じこと。ことに人間の肌に一番近いものだけに、あまりに手のこんだ織りものとか、ピカピカした模様などは、それがどんなに上等なものであろうとも、何か温か味に欠ける様な気がするのです。

そういう風ですから、私はどちらかと云えばふだん着の方を好みます。ことに木綿つむぎの類は、古くなる程物もよくなり、色も深味をますので、これ程たのしめるものはありません。どこへ行くにもそういう物を着て、もし私が品が悪く見えれば、それは自分のせいなのだから仕方がない。まことに「奥様」らしくない趣味ですが、この頃はそれが嵩《こう》じて、無地もしくはそれに近いものを着るようになりつつあります。

その為に、和服はまことに試すに都合のよい特長をもっています。和服の面白さは、色々な色を（羽織とか帯とか帯どめとか鼻緒に至るまで）用いて、しかも統一して見るという綜合的な所にあると思いますが、地味な着物も、たった一本の帯どめではでになったり、またそれだけでは変な色の着物も、羽織次第でひき立たす事も可能であるといった工合に、取合せ一つでどのようにも生かす事が出来るからです。それには、なまな様々な「色」を持つ着物より、無地かせいぜい白あがりの単純な柄（縞とか絣とか小紋のような）に限るのはいうまでもありません。そこに、自分で工夫する余地を残しておきたいのです。

ひと頃茶羽織というものがはやりました。スタイルなどが先導に立ったのでしょうが、私も昔から好きなものの一つでした。しかし、あれは経済的でもあり、見た目も手軽でよろしいが、ほんとうは着かたの難しいもので、丈と幅がぴったり自分の寸法に合わないと恰好がつかない。太って小さな人が短かすぎるのを着たり、帯もふつうに結ぶと下の方がひっつかないので、横から見た形がまことに悪いものです。昔から茶羽織は、きちんと座って畳とすれすれの寸法に定ったものでしたが、やはりその位はないといけないのではないでしょうか。いくら流行だからといってそのまま出来合いの物にとびつく人の気持が疑いたくなります。

それはとにかく、茶羽織があまり一世を風靡した為、私はそろそろいや気がさして来ました。お洒落の心理は複雑です。流行にはそって行きたい。が、はやりすぎるといやになる。きまってそういう事らしいのですが、同時に「お洒落なんか」と軽蔑する人さえ、軽蔑する事によって、人とちがって見えたいのです。ようするに、「自分一人目立ちたい」虚栄心にすぎないのですが、虚栄心にも色々あって、ただはでな恰好で人目をひくのは、むしろ無邪気で罪がない。ほんとうのお洒落とは、ちょっと見には平凡で目立たないくせに、どこか人に違って見える人の事をいうのです。

昔京都で金持の奥さん達が集って衣装自慢をしたことがあった。今で云えばファッション・シヨウのようなものです。それぞれ千金をかけて、凝りに凝った着物をつくる、その噂話だけでも大変なものだった。中に一人工夫に困ったあげく、光琳に相談した夫人がいた。光琳答えて曰く、「それは黒ずくめに限る」と。半信半疑それでも彼女は大芸術家の言葉にしたがい、全部黒一色で席上に現れたが、百花繚乱のただ中に咲き出たこの黒百合のひと本に、一堂あっと息を呑んで感歎したということです。

何かパリにでもありそうな話ですが、近頃の様に世の中がはでになって来ると、黒といわずとも、地味な着物が人目をひくのは事実です。時々銀座など歩いていると、年齢を無視した地味な和服を着た若い人に出会うことがありますが、小気味よい程（実際以上に）美しく見えるものです。だからと云って中年の人に、はでな物がいいというのではありません。はでにもよりけりですが、やはり年よりもちょっと地味な方が綺麗に見えますし、奥行もあれば余裕も感じられます。着物は、人間が着るもので、着物に着られてはなりません。人目をひく着物は、えてしてそういう事になりがちです。

私の知っている英国紳士に、同じ洋服を一打《ダース》ずつ注文する人がいます。彼はあまりにお洒落な為に、洋服はかえたいものの、いつも違う着物を着ていると見られるのがいやなのです。また別の紳士は、一九一〇年のロールスロイスに乗って、毎年のように新しいエンジンをつけかえます。外側は博物館行のような古臭い、丈の高い不恰好な車なので、後から来た車は馬鹿にして、追越そうとするが決して追いつけない。私はそういう人達こそ、ほんとうの伊達者と呼びたくなります。

お洒落にはいつもこの様に、一種のはにかみがつきまといます。どこから見ても、バリバリしたのや、けばけばしいのは、初心者か田舎者のすることです。すべて人をびっくりさせる事は、趣味のいい人のする事ではありません。ことに奥さんのお洒落には、ひとねりねった、ひかえ目なものがほしいものです。よく家庭の主婦は、米の飯にたとえられますけれど、お米の味ほど知るのに難しいものはありません。それは皆同じようですが、同じであるだけいい御飯の味というものはまた格別であるのです。

結論として、私の好みは、——私がそうありたいと望むものは、単純と平凡の二つにつきます。人生の達人、古今の趣味人たる兼好法師は、「よき細工は、少しにぶき刀をつかふ」という言葉を残しましたが、それが私の御手本です。そしてしまいには、——ああ着物のことなんか忘れたいものです。どんな物でも、手当り次第ひっかけて、それで似合って見えたら、……私のねがいそれに優るものはありません。

（掲載誌不詳、入朱有）

ゴルフの装い

先日あるフランス人が、こういうことをいっているのをどこかで読んだ。——日本人はずい分おしゃれだ。いい洋服も沢山ある。だが、それを着て行く場所はどこにもないように思われると。

何も外国人の話を鵜呑みにすることはないが、そんな傾向もないことはない。外出するときはりゅうとしたスタイルでも、家へ帰ってくると四畳半のお茶の間で、テレビを見ながら、お茶漬をかっこむというのは、老若男女を問わず私達の日常なのである。つまり服装と生活がかけ離れている。日本にだって、おしゃれをして行く場所がまったくないわけではないが、常にオーバー・ドレスの気味があり、不必要に外面をつくろう。フランス人がいいたかったのはたぶんそういう意味で、もう少し足元をよく見なさい、という注意だったと思うが、このオーバーなおしゃれというものは、ゴルフ場でもしばしば見受けられる風景である。

面白いことにそれはどちらかと云えば男性の方に多い。例のスニード・ハットに赤い羽根などなびかせ、はでな模様のシャツにマッチしたセーター、グレイのズボンにツイードの上着という恰好で、スタイル・ブックからぬけ出したようないでたちだが、それが何となくおかしい。不自然である。

一つ一つとれば申し分なく、全体としても調和しているのに、それがおかしく見えるのは何故だろう。スキがなさすぎるからではないだろうか。

ゴルフだけのことではないが、どこかひとところぬけているというのが、おしゃれの原則だと私は思う。ことにスポーツの場合は、それが第一の条件だ。いかにも、しゃれましたといった工合に、至れりつくせりの恰好をするより、そこらにあるものを、ひっかけて来たという風に、無関心に見えた方がいい。といって、ズダ袋みたいなズボンに、手ぬぐいをぶらさげ、ところきらわず呵々大笑する——残念なことに、これが一番多く見られるゴルフ場のスタイルだが、そういうのは論外である。当人は、結構「日本男子」のつもりらしいが、日本の男性はもっと行儀がいい筈だし、行儀が悪いことをもって庶民的と自慢することもないだろう。

というわけで、日本のゴルフ場では、服装にかまいすぎる人か、かまわなすぎるかそのどちらかで、中庸を得ている人達は少い。が、それは彼らの罪ではなく、話はまた元に戻るけれども、着て行く場所がないためで、ゴルフの場合でも、日本のゴルフ場というものが特種な存在なのである。

そういうと変に聞えるかも知れないが、大抵ゴルフ場は何々カントリー・クラブと呼ばれている。が、それは外国でいう意味のカントリー・クラブの体をなしてはいない。彼らのそれは、文字どおり、田舎にあるクラブで、ゴルフもやるが、プールもテニス・コートもあり、パーティも

囲に使われるところなのである。

昔、外国で大病をしたことがあって、サンフランシスコの郊外にある、サイプレス・ポイントというクラブで、一月ほど養生していたことがあった。その名のとおりサイプレス（糸杉）の大木が、白砂の間に枝をのばしている海辺のゴルフ場で、コテージ風のクラブ・ハウスは、泊れる部屋もいくつかある工場みたいな近代建築と違い、カーテンや家具類もひなびたコロニアル・スタイルで、それだけでもゆったりした気分を与えるところへ、夕方になると近くの森から、大きな鹿が沢山フェア・ウェイに遊びに来る。どうするかと思って見ていると、プレヤー達は追いもせず、彼らが立ち去るまで、球も打たずにティーの上で待っている。鹿も人間も悠然としたもので、こういうあり方がほんとうにスポーツを楽しむことだと思ったが、お父さんがゴルフをしている間、子供達はプールで泳ぎ、夜には女の人達も集って、カクテル・パーティやダンスも始終行われているようだった。

そういうものが、カントリー・クラブの本来の姿なのだが、日本ではゴルフ一辺倒と化している。うっかり遊びに行こうものなら、邪魔物扱いにされかねない。だから総体にいって、ごはんも不味いし、大体食事なんて、インとアウトのつなぎ目に、大急ぎでおしこむ以外何の目的ももたない。昔の駒沢や朝霞《あさか》の東京クラブなどでは、いく分カントリー・クラブらしい趣をそなえていたが、戦後のそれはゆっくり遊ぶところよりむしろ働く場所に近いように見える。事実、多くの商談が行われているというが、目的が違うのだから工場みたいなクラブ・ハウスが建つのも当然といえよう。それが悪いというのではない。外国のものが日本に渡ると、何でもそのように変質するところは面白いと思うが、そこでおしゃれのことを書けといわれたって返答に困る。ゴルフにカッカッしている間、そんな余裕は先ず生れないにきまっている。

男性にはせいぜい腰にタオルをぶらさげないこと、なるべく楽な恰好をすること、といっても、長ズボンともショーツともつかぬステテコようのものを召さぬこと、そんな消極的な事柄しか今の段階では考えられない。

女性にとっては、近頃タイツのようなスラックスがはやっているが、あまり細すぎるのはティーをさすとき、キリンが水を呑むような恰好になる。とたんにお尻の縫目がさけて、困っているお嬢さんを見かけたこともある。それと、海水着のようなショーツも遠慮した方がいい。風儀上からではなく、ゴルフ場の景色にそぐわないのと、ブヨに噛まれるからである。

前に軽井沢で、イタリアの外交官の奥さんが、膝までの長いショーツに、膝まである手編の靴下をはいていたが、これはたいそうしゃれて見えた。私は皮が好きで、皮のジャンパーやシャツを好んでいるが、日本は湿気が多いので実際の役にはあまり立たない。家で着ることの方が多いのである。

結論として、ゴルフのおしゃれなどという特別なものはない。ふつうの着物の場合と同じように、目立たなくてよく見れば行きとどいているのが最上といえよう。ゴルフ場でだけ、しゃれて見えたなんて、大体虫のよすぎる考えである。ゴルフだって、ふだんの練習が大切ではありませんか。

（掲載誌不詳）

スポーツ論壇

勝負の世界は楽しいよ

お相撲がはじまると、ラジオやテレビで、「勝負の世界は厳しい」という言葉を、毎日のように聞かされる。この頃ではやり文句になって、へぼ将棋や麻雀に負けても、そんなことをいう。これではお相撲さんもたまったものではないと同情するが、もとはと云えば、黙って耐えるべきことを、ジャーナリズムから求められるままに喋りすぎた結果であろう。

日本人ほど、奮励努力とか、刻苦勤勉とかいうものが好きな人種はいない。芸術でも、文学の鬼なんて言葉がある。だからそんな言い方がはやるのだろうが、では、ほんとうに厳しいことが好きかどうか、私には疑問のようにおもわれる。

実はこんなことが書きたくなったのも、いつぞやテレビで相撲の放送をみている最中、ふと思いついたからである。だれの勝負か忘れてしまったが、玉の海が解説をしていた。アナウンサーが、しきりに「けいこは辛いでしょう、たいへんですね」と催促するが、ちっともものって来ない。「まあ、辛いといえば辛いでしょうが、そんなこと考える暇はありませんね。わしなどは、どっちかといえば、たのしくてたのしくてたまりませんでしたよ」。

何度聞いても、同じ答えで、アナウンサーはいささか失望した様子である。むろん顔は見えなかったが、私はそこに、実地に事に当った人の真剣な表情と、人のふんどしで相撲をとろうとする傍観者の顔つきを、まざまざと見せつけられるように思われた。私は、さっそうとした若い力士たちもずいぶん好きだが、もっとたのしめるのは、たとえば若瀬川の土俵態度である。淡々として、いつも明るい。負けてもおもしろい相撲を見せてくれるのは、勝負を超越して自分の相撲をたのしんでいるせいであろう。が、四十近くなって、息子みたいな若い者相手にとるのが苦しくないはずはないのに、みじんもそんな様子を見せないところに、見せる以上のきびしさが感じられるからである。

ゴルフでも野球でも水泳でも、日本は相当なレベルまで行っているのに、最後のところでいつも外国人にかなわないのは、体力の相違だけではないように思う。

今年の夏、豪州の水泳選手が来たときも、監督が、はっきりとは覚えていないが、たしかこんなことをいっていた。

――日本のスポーツの専門化は、強い競技国にすると思うだろうが、事実は反対で、もし、国際的によい成績があげたいならば、専門外の多くの競技に参加できるようなシーズン制をしくべきで、いまやそれよりほかに方法はない。外国では、有名な野球選手がフットボールやバスケットボールの選手だったりして、他のスポーツをたのしんでいる。コーチも素人が多く、ただ練習にその技術より、スポーツの興味を失わせないのがコツである。要するにきびしい訓練が、たのしい生活にまで発展しないかぎり効果はない、選手ものびない、と注意しているのであった。

勝負の世界がきびしいのは（どの世界でもそうであるように）当り前のことである。「勝負の世界はたのしいよ」と選手も、見物も、笑っていえるようになって、はじめて世界のレベルに達するに違いない。来年は、そういう言葉がはやるようになってほしいものである。

（報知新聞夕刊、一九五八年十二月十三日。入朱有）

君子危うきに近よらず

自動車の警笛が聞えなくなって、東京の街は静かになった。が、神風タクシーは、依然として後を絶たない。もともと警笛を廃するに至ったのは、スピードを緩和するという一石二鳥を目ざしたものだったらしいが、何のタシにもならなかったようである。かえって、無言でつっぱしるので、危険の方はましたかも知れない。

そういう車にのって、気がつくことは、命がけの危険を冒すわりには、少くとも市内では、それほどの効果はみとめられない。無理をするために、後の車に追い越されたりする。これはタクシーばかりでなく、オーナー・ドライバーでもいえることだが、瞬間的にスピードを出すより、つねに一定のスピードで走っている人の方が、結果的には早い。上手な人の運転は平凡だ。君子は危うきに近よらない。だからといって、巧みに運転をする人が、君子であるというわけではないが、手並みのほどから君子の生き方を想像することは出来る。

アルゼンチンのエマニュエル・ファンジオという男は、このところ数年間、自動車競走の世界選手権を持っているが、面白いことをいっている。

まず彼は、こわいといって、市内では絶対に運転しない。レースがある日、選手達がすばらしいスポーツ・カーで乗りつける所へ、彼一人は電車で、ヘルメットのケースを肩にとぼとぼやって来る。これが選手かと思われるくらい、地味な人物だが、彼によればやはり自動車競走の秘訣は、平均速度を保つことであるという。それも「デブのおじさんが、十マイルの速度で運転する気持を持つことだ」。決して腕前を見せようとしたり、ここで一発やってやろう、という気を起してはならない。走るのは、自動車であって、自分ではない。自分は、たとえば教会のミサでお祈りをしている所へ、時速百マイルの風が吹きつけて来る——レースをしている最中の状態とはそういうものである。このことは、スポーツばかりでなく、舞踊とか演奏にも通じるものだろうが、更に車の取扱い方については、「カーというものは、女を扱うように、優しく親切になさい、そうしたら、機械はあなたのいうことを聞くでしょう」とすすめている。

大体においてラテン系の人種は、自動車ばかりでなく、機械一般に対して、アメリカ人などと違う神経を持っているようである。エンジンの故障なども、いい職工は、見なくてもどこが悪いか、耳で聞きわける。これは音楽の伝統にも関係があると思うが、さて日本人はいかがなものであろう。が、神風タクシーだけを取上げて、悪口はいうまい。世界一のファンジオにも、かつては若気の至り、お恥かしいといった時代もあったに違いない。それにしてもこう道が悪くては。だが道は悪ければ悪いほど、いい運転が必要なのではないだろうか。

（同、一九五八年十二月三十一日。入朱有）

批判についての批判

山の遭難が問題になっている。たしかに不注意や慢心から、命を失うのは愚かな行為に違いないが、それを批判する人々の言葉には、往々にして、親心を楯にとった優越感と、冷たい心がひそんでいるような気がしないこともない。

今週の「週刊朝日」がとりあげた、浦松佐美太郎氏の「困りもの、気分的な登山」などその一例だ。『山恋い』の著者山本偖《さとし》氏が槍玉にあがっている。浦松氏によれば、そこには著者自身の鹿島鎗における遭難と、負傷から回復するまでの経験、山で知り合った女性への恋愛が長々と書いてあるだけで、登山家として、一体何をやったか、少しも記されてはいない。ようするに、ひとりよがりのテングの典型で、こういう輩が日本の登山界を毒するのだ。そこで浦松氏は会ってみたいと思い、山本氏との対談がのっているが、それは対談というより、裁判官が被告を訊問するみたいで、気の毒で読むにたえない記事だった。

まず、約束の時間に四十分も遅れて現れた山本氏は、謝った後で、こんなことをいう。「実は約束の時間を忘れちゃったのですが、とにかく時間に制約されるのがいやなんです。時計もラジオも売っちゃった……」。そんな男を、浦松氏はしょっぱなから許さない。

「それでも山へ行く時は汽車に乗るんでしょう。汽車の時間はどうするんですか。あなたはプロ登山家だって宣言してるわけですが、もしあなたを頼んだらみんな迷惑しますね」。頭からやっつけられるので、相手はしどろもどろである。東京でも登山グツをはいていると聞くと、ゼイタクだ。そんなムダなことをして、「それで山へ登って、そのうえ食っていけるなんて商売が一体あるんでしょうか」なんてことまで追及する。後で『山恋い』を読んだところによれば、著者はダテや酔狂で登山グツをはいてるわけではなく、いつでも山へ行ける用意のためとわかったが、終始、そういう態度で詰問されたのでは、やりきれなくなるのは山本氏だけではない。

ジャーナリズムが、こういう問題をとり上げるのはいい。が、遭難防止という美名のもとに、何故小姑みたいないじめ方をする必要があるのだろう。浦松氏はいうまでもなく、山登りの大先輩であり、『たった一人の山』の著者でもある。もし、相手がひとりよがりのテングなら、その愚かさを哀れんで、親切に導いてやる雅量があって然るべきであろう。「山におぼれるな」といわれるが、何事につけ、一度は溺れてみねば決してつかめぬものが人生にはあることを、若い時分に体験されなかったのだろうか。してみると気の毒なのは山本氏ではなく、批判する方の人間かもしれない。『山恋い』の著書については、私だっていいたいことは沢山ある。が、遭難しても、破産しても、妻や恋人を失っても、山に魅せられる人間の喜びが謳ってあることはたしかだ。

「危険はすぐ身近にころがっている。それを避けながら進んでいるのだから、いつかはその危険に直面することもあるだろう。そのとき危険に打勝つのが登山であって、登る山が目的ではなく、危険との勝負かも知れない」。登山家として、立派な仕事はしなかったかも知れないが、命がけのバクチをたのしんでいる人を、私達は、さげすむことはないのである。

（同、一九五九年二月三日。入朱有、原題「批判について」）

春場所の感想

大阪場所の栃錦は立派である。場所まえ、横綱をよすとか、よさないとか、はた目には気の毒なほど追いまわされていただけに、新聞には悪いけれどもざまァ見やがれという気がしないこともない。こんなことをいうのこそ、正しく「人の褌で相撲をとること」にほかならないが、芸術家までジャーナリズムにお辞儀ばかりしている今日、無言の抵抗を見事にやってのけた横綱に、お辞儀をすることは許して頂けるとおもう。

が、昨日のことは昨日のこと、であるジャーナリストは、そんなことは忘れてしまうらしい。ラジオを聞いていると、アナウンサーたちのなかには、ずい分失礼な質問をする人もあるようだ。質問が失礼ではなく、いい方が失礼なのである。「ゴルフがよかったんですか？」「いや、ゴルフなんて……相撲は違いますよ」という栃錦はこういいたいのを我慢しているように聞える。

――そりゃ、ゴルフもしましたよ。大事な場所まえ、ああ引退するかするかとせまられたんじゃ、何かで忘れることが必要だからね。ああ、ワシは辛い思いをしましたよ。ずい分戦いましたよ。いや、あんた方とじゃない、自分自身とね。

好調の柏戸も、毎日のようにとっつかまっている。「今日のあれは、考えてやったことですか?」「いやァ、無意識ですよ」。「自分でやっといて無意識じゃ困りますね」。

だが、お相撲さんにしてみれば、後で理屈はつけられても、無意識でない勝負はどれひとつないといっていいだろう。よほど長びいたのならともかく、とっさの間に、頭で考えて動いたのでは遅れてしまう。頭より先に、肉体が知っているのが、芸というものではないだろうか。

といって、聴衆のために、なるべく面白い話やニュースがとりたいと思うジャーナリストの苦労に、私がまったく同情しないわけではない。が、すぎたるは及ばざるがごとし。私たちは、たとえば横綱の引退を一日早く知るよりも、なるたけ長い間立派な横綱でいてほしいのである。別の言葉でいえば、自分たちの競争意識のために、他人を犠牲にして貰いたくはないのである。

いま、私は病気あがりで、毎日、床の中で相撲の放送を聞いているが、十日も聞いていると、辛くなって、やめてしまいたくなる。ボクシングでもレスリングでも、西洋のスポーツは血なまぐさくても、こういう辛さは感じられない。六場所になっては、なおさらのことである。大内山の勝負など、ふびんで、耳をふさいでしまう。だから、ときどき解説の間にこんな会話がまざるとほっとする。何でもないことだのに、ひどく新鮮にさえ聞える。正面の神風と、向う側の伊勢ノ海である。

「伊勢ノ海さん、柏戸はいいですね。おたのしみでしょうなァ」。

「や、どうも。……ゴッツァンです」。


（同、一九五九年三月二十三日。入朱有）

スポーツの精神について

「御趣味はなんですか」。

「スポーツです」。

「どんなスポーツです」。

「野球と相撲」。


こういう会話を、近頃よく聞かされるが、自分でするのかと思うと、そうではない。正確にはファンというべきだろうが、自他ともに、それで通るのはおかしなことである。

本来、スポーツはアマチュアのもので、プロのゲームは見世物の部類に入る。たしか、英国なんかでは、プロの場合、スポーツという言葉も使わなかったように記憶する。もちろん、英国でそうだから、日本でもこうでなくてはならないという理由はないのだが、とかく物事をごちゃまぜにするのがわが国の特長で、プロにプロ以上のことを望むために、よけいな負担がかかることは多いのではないだろうか。野球選手のボーナスが高すぎるとか、相撲の八百長がどうのこうのといわれるが、商売と思って見れば気にすることはない。長嶋の二千万円はやすかったといえるし、素人にわかるような八百長は不味いのである。だから、そんなものはやらないにこしたことはないが、面白い勝負が見られれば、それで私達は満足すべきで、その点外国の考え方がさっぱりしていていい。

かんたんにいえば自分でするのがスポーツである。他人のゲームを見物するのでも、自分でするように見るから面白いので、傍観的なファンなどというものは、ほんとうはスポーツと関係のない存在といえよう。

「精神的」という言葉が、しきりに使われるのも近頃の風潮だ。ラジオやテレビの解説ではのべつ聞かされる。たとえば栃錦が、先場所優勝したのなんかは、たしかに彼の意志の強さを物語るが、そうではなくて、「気分的」といった方がふさわしい場合にも、「精神的に、云々」とやる。気分はしょっちゅう変るものだが、精神は動かない。そして、それを支えるものは、実際の行為であり、技術である。先日、先代〔中村〕福助の伝記を読んだら、こういうことをいっていた。「恰好がちゃんと出来れば、自然に心持も入っていいます」。スポーツにしても同じことだろう。

精神が、望めば空中から得られるように思うのは、懐手のファンの感傷にすぎない。あんな強い朝汐でも「精神的に弱い弱い」といわれ、よそ見したために、どれほど損したかわからないと思う。やたらに使って汚してもらいたくない言葉である。

（同、一九五九年五月一日）

スポーツの批判について

先日新聞に、カミナリ族のことを書いたら、投書が来た。私は別に奨励したわけではなく、実際危険でもあるし、迷惑も感じるが、あんなバカげたことに熱中するのは止めた方がいいという説には賛成できない。運転が好きな人達の中から、いいエンジニアは生れるのであり、流行れば機械もよくなるだろうという意味のことだったが、そんなことをいう奴がいるから、ますますい気になるのだと、大変お叱りをこうむったのである。

が、私は今でもそういうことを信じており、何度でもくり返したいと思う。近ごろは、批判精神というものが盛んになって、これはまことに結構なことには違いないが、その批判が往々にして、自分のものではなく、新聞、雑誌からの受け売りが、無意識のうちに自分の考えみたいになっていることが多い。はたしてオートバイがそんなに危いか。そんな危いもののどこに魅力があるのか、少しも疑ってみようとはしない。それでは却って批評の精神に背くと思うのだが、そういう人達には、一度乗ってみることをおすすめする。

実は私の息子も、数年前に夢中になっていた一時期があり、何しろ嫌いなたちではないから、私もよく後ろへ乗せてもらったが、あの快感は未だに忘れられない。それだけではなく、ふだんはうっかり者の息子が、どんなに注意深く、運転に無理をしないか、むしろ頼もしく見直したのであった。やがてスピードには飽きて、自分で機械を作る方に転換したが、抵抗の少いものより、多いものの方が面白いにきまっている。カミナリ族に大人達の批判の言葉が、ムダな抵抗を感じさせなければ幸いである。

カミナリ族とならんで、山の遭難がまたしても問題になっている。さすがに槇有恒さんは、若い人達の気持を知って、一概にとめるのはよろしくない、一緒に登らないまでも、親も興味をもつべきだ、その方がことを未然にふせげるといっていられるが、それで思い出すのは、息子さんを山で亡くしてから登山をはじめた親の話で、一人は加藤綾之助氏という男のかた、もう一人は名前は忘れたが、この方はお母さんでお二人とも息子が愛した山のことが知りたいと、六十に近い年で手習いを思い立った。新聞でそれらの記事を読んだとき、私は涙ぐましくなるというより、厳粛なおもいに打たれたのであった。もしスポーツ精神というものが、自分を乗越えることになるならば、これこそその名にふさわしい行為ではないだろうか。スポーツについて書くとき、私は、このお二人のことを思い浮べずには筆がとれないのである。

（同、一九五九年十一月五日）

下手の横好き

私は若い頃、スポーツと名のつくものは何でもした。アメリカの学校では、ホッケーとバスケットボールとテニスの選手であり、夏のキャンプでは、水泳と乗馬と山登りをやった。このようなことは日本では考えられないが、それはシーズンが違うからで、たとえば秋のホッケーの季節が終ると、選手にとってもそのスポーツはおしまいで、他のものに切りかわるため、年中一つのものにただこれ専心という風習が外国にはないのである。

日本で少女時代をすごしたら、そのうち一つぐらいは物にしただろうに、そんなようなわけで、少しはあった運動神経も、無駄についやしてしまった。気が多い人には、いい見せしめであろうが、そのかわりスポーツを楽しむことは充分に覚えた。というより、面白いが先に立って、上手になることなんか考える暇がなかったのである。しまった、と気がついた時は遅かったが、今になってみれば、楽しむ事を知っただけ得をしたと、負け惜しみではなくいえるように思う。

先日、「あるびよん」という雑誌の座談会で、槇有恒さんが、「日本人はみんな名人になりたいんですね」といっていられるのを読んだ。そのためスポーツに必要な余裕というものがない。山登りの雑誌なんか見ても、実に無味乾燥な記事ばかりで、テクニックの記録はあっても、喜びは一つも書かれてはいない。そんな雰囲気の中からは何物も生れないだろうと、大体そういう意味のお話であった。

そういえば、もうじきお相撲がはじまるが、昔は一年を十日で暮したいい男達も、六場所になって、見る方でも少々息苦しくなって来たようである。勝っても負けても大変だろうと思う心が先に立ち、どうも以前のように楽しめない。ファンというものは、いつも勝手なことをいうものだが、勝負の世界の厳しさも、たのしさあっての厳しさであるのは、力士も見物も変りはないであろう。現在のように技術が発達すると、「もうこれからはスケールの大きな力士は出ない」とある評論家がいっていたが、相撲の面白さはスケールの大きさ以外のところにはない。いくら経済上の理由があっても、こうした状態がつづけば、ファンも離れて行くのではないだろうか。私はそれが心配だ。

要は、スポーツを楽しむというアマチュア精神を、プロもアマも取返すべきであろう。アマチュアの語源は、「愛する」という言葉から出ている。名人になりたいというのも、たしかにスポーツを愛する一つの方法ではあろうが、厳しいばかりでたのしむ余裕がなくては、ほんとうの名人とはいえまい。今年はそういう方向に眼を開いてほしいと思うのが、下手の横好きの言である。

(同、一九六〇年一月四日。入朱有、原題「下手の横好きの言葉」)

アマとプロの違い

大分前の新聞で、ウィンブルドンのテニス・マッチに、ことしはプロも参加させるという記事を読んだ。どうなったか、その後の成行きは知らないが、いずれはそういうことになるであろう。それはともかく、その記事を読んだとき私は、これこそ英国人の良識というものだと思った。ウィンブルドンといえば、いうまでもなく、世界一の試合であり、テニスといえばもっとも貴族的な、したがってアマチュア的なスポーツである。他のスポーツに先んじて、そうした場所にプロを参加させるというのは、多くの反対をよぶに違いないが、またそうすることによって、テニスばかりでなく、近頃とかく低調なアマ・スポーツ界に、活を入れることもたしかだろう。それはむしろプロの為よりも、アマの為になる。私が良識といったのはそういう意味でだが、決して時代にさからわない所に英国独特の保守主義があり、政治の上でも、生活の上でも、いつも積極的に譲歩することで、彼等が自分の立場を守ったのは、英国の歴史を見てもわかることである。が、逆にいえば、自分の守るべきことがはっきりわかっているから、そういう態度がとれるのかも知れない。その点日本のアマチュア・スポーツ界には自信がないように思われる。

アマチュアの在り方については、この欄でもしばしばとり上げられたように記憶するが、どうも私にははっきりしない。それはもともと一種の紳士協定みたいな約束事にすぎないから、はっきりさせたいと思うほうが無理なのであろう。殊に最近のように生活が苦しくなって来ると、純粋なアマチュア選手などというものは有り得ない、国家とか学校とか会社とか、何かのスポンサーがつかなくてはやって行けない、プロとの差は実に紙ひとえなのである。

だが、紙ひとえでも差はあるのだ。それが何だろうという話をしたら、友達が、こういうことをいった。たとえば、ここにあげ潮のときは暗礁になるが、引き潮のときは海面に姿を現す美しい岩があるとする。引き潮のとき、漁師はそれを見ても、暗礁のおそろしさしか思わないが、船乗りや釣師には、「美しい」と眺めるだけの余裕がある。そうかといって、決して暗礁のおそろしさも知らぬわけではない。そこにプロとアマとの大きな違いがあるのだと。

（同、一九六〇年四月十五日。入朱有）

思うこと ふたたび

軽井沢にて

長野県には、数年前から、はっきりした標語は知らないが、「郷土を美しくしましょう」とか「愛しましょう」という運動があって、私が見た範囲では、かなり成功しているようだ。ことに軽井沢は、オリンピックの馬術試合かなにか行われるとあって、特別な委員会もつくられているという。が、お役人が掛声をかける程には、直接もうかるホテルや料理屋以外の人々は、そんなに興味をしめしてはいない。これは東京などでも同じことだろう。この前のオリンピックの時、私はローマにいたが、一般の人々はしごく平静だった。国際的な行事が行われることは結構だが、健全な生活をしている人達は、世界のどこの国でも、そう目の色変えて騒がないのがふつうである。

さて、その美化運動のことだが、オリンピックとは別に、地道に、着々と、功を奏しているらしい。リヤカーをひっぱって、ゴミを集める小学生、街路樹の手入れをする中学生達に、私はときどき出会うことがある。そのたびに「ご苦労様」と声をかけると、ちょっとびっくりした顔をし、やがて白い歯をみせて嬉しそうに笑う。

そういう時は、先生に引率されているが、先日軽井沢の駅頭で、こんな風景を見た。一人の紳士が、改札口を出て、なんの気なしに煙草をほうったとたん、そばにいた小学生が、そっと拾って、吸殻壺の中に捨てたのである。はっとした紳士は「ごめんね、坊や。ありがとう」と、頭をなぜて立ち去ったが、ふつうこどもは、とくに田舎の子の場合、そんなことは恥かしくて出来ないものである。が、その動作にはまったく不自然な所はなく、まして、得意げな表情は見られなかった。

そういうこどもはもう一生ゴミを道傍に捨てることは出来ないであろう。このような教育は目立たないけれども、私にはオリンピックや人づくりの運動より、よほど重要なことに思われる。

（産経新聞夕刊、一九六四年八月五日）

最期の舞台

狂言の山本東次郎氏が亡くなった。昔から、私の能の相手もたびたびしていただいたことがあるので、哀惜にたえない。先代東《あずま》という人と東次郎と、それから息子さんたちの芸と、三代にわたって私は見て来たが、山本家の芸風は、他流に比べて、ずっと武張って硬いようである。が、硬い中にも、東の芸には洒脱な所があり、たとえていえば昔の大名家の家老には、酸いも甘いもかみわけた、こんなじいさんがいたのではないかと思わせるような滋味があった。それにひきかえ東次郎の方は、いくぶんお能に近い硬さがあり、相手をしてもらっていても、狂言特有のはずす所がなく、時には圧倒される気持になることもあった。それだけに、きまじめで、人柄もよく、人間としてはりっぱな人だったが、芸には狂言として物足りないものがあり、訃報に接した時は、もう少し長生きしてもらいたかったと、残念に思ったのである。

ところが、二三日前、「山本東次郎を悼んで」というテレビがあり、「木六駄《きろくだ》」という狂言を見た。木六駄というのは、例の太郎冠者が、主人からいいつかって、酒と牛を届けに行く途中、雪の峠の茶屋で、茶屋の主とともに酒を平らげ、牛は主にとられてしまうという筋で、東次郎が太郎冠者を演じたが、よっぱらいの表現は完璧で、滑稽な上に哀れささえ加わり、雪に足をとられてころぶ所など、軽くて、まるでさなぎかなんぞのように見えるのだった。

私はうっかり死んだのも忘れて、兎をまねて踊る踊りの飄逸《ひょういつ》さに、アド〔狂言で、シテに対する相手役〕の主とともに拍手を送ったが、テレビが終って、夢がさめても、生前接した多くの舞台より、死んだ後の、しかもはかないテレビの映像の方が、生き生きとして見えるのはなぜだろう。もはや私には、東次郎に長生きしてほしかったなどと、無礼なことはいわれない。彼はたしかに完成した。これからも、月のいい晩には、私はそこに東次郎が、兎に化けて踊るのを、しばしば見るにちがいない。

（同、一九六四年八月十二日。入朱有）

理想的な芝居

先日新聞に、尾崎宏次氏が旅役者の話を書いていられた。彼等は大体二百から三百のレパートリーを用意しており、見物の求めに応じて、即興的に演じるので、実力がないと出来ないという。現代の一大進歩であるとともに、欠陥をもたらしたマイクロホンがないため、よく鍛えられた、力強い肉声で、セリフもよく通る。面白いのは、投げ銭の習慣が残っていることで、ひいきの役者が出ると、見物はタバコやお金を投げつけ、役者はその度に舞台の上から、「ありがとうござんす」と礼をいうが、そんな風だからふざけた芸は絶対に出来ない。エロな芝居も一つもない。そういう点は、都会の見物の方がはるかに甘く、彼等にいわせると、「ちょっと変ったことをやると大さわぎしよる」そうだが、幕間に、寝ころんで一服する見物人も感じが出ていたし、終演と同時に、チョンマゲ姿の役者が見物を送り出しながら、感想を聞き、それによって、明日の出しものをきめるなど、理想的な芝居のあり方が、こうしたところに残っていることに驚くとともに、日本の演劇の底の深さに感動した。

どこそこのおかみさんが、旅役者と駆け落ちしたとか、農家の娘が旅芝居を追って家出したとかいううわさ話も、さもありそうなことである。私たちの子供のころには、都会の劇場にも、たしかにそのような雰囲気が感じられたものだが、役者も見物も、いつの間にかあよそよそしくなったものだろう。切符もたやすくは手に入らなくなったし、後を追いかけたくなる程魅力にとんだ役者もいない。だからといって、これをそのまま中央の劇場に持出したとしても、決して通用しない所が問題で、ちょうど福田恆存《つねあり》さんと芥川比呂志さんがみえたので、そういう話をすると、「芥川君、君も女の人たちが家出して、追っかけて来るようにならなくちゃね」。

福田さんは笑いながらそういったが、私にも（そしてたぶん芥川さんにも）、決して冗談事のようには聞えなかった。

（同、一九六四年八月十九日）

高麗屋に望む

「勧進帳」は私の好きな芝居の一つだが、それについて、近ごろ気にかかることがあり、先日尾上松緑《しょうろく》さんが軽井沢にみえたとき、たずねてみた。

それというのは、例の関所を通過した後、義経が弁慶の手をとって、感謝するところで、いわば一曲中のサワリの場面であるが、そこのところの義経の型がいつも気に入らない。私の記憶では、たしか先代歌右衛門は、「判官御手をとり給ひ」と、芸もなく手をまっすぐにさし出し、掌を返すようにするだけで、主従の情がにじみでたものだが、近ごろはだれがやってもなまめかしく、まるで女が弁慶をくどいているように見える。零落の哀れさも、源氏の大将の気品もない。あそこはもう少しなんとかならないか、松緑さんに聞いてみると、まことに明快な答えを得た。

すべては、六代目菊五郎の型から脱せないところにあると彼はいう。先代歌右衛門の義経は、菊五郎にとっても、理想の演技であった。が、菊五郎の天才をもってしても、生得のものにはかなわない。そこで、歌右衛門に近づくべく、くふうを重ねたあげく、現在の型をつくり上げたが、しょせんそれは六代目だけのものだった。芸がうまかったから、オーバーな仕草もこなせたので、同じことをやっても、他の役者では、同じようには見えない、というのである。

最近、高麗屋の三兄弟が結束して、松竹に反旗をひるがえしたと聞く。歌舞伎のためには、近来の快事だが、これを単なる経済的、あるいは政治的な抵抗に終らせたくはない。むずかしいことには違いないけれども、六代目の強力な影響からはなれて、新しい歌舞伎をつくり上げること、別のことばでいえば、それは六代目が手本とした根本の姿にかえることを意味するが、自由な立ち場でそういう工夫が行われていいと思う。「勧進帳」はその一例にすぎないが、毛利元就《もとなり》の例をひくまでもなく、三人よればこれほど強いものはなく、三人よれば文殊の知恵ともいう。

（同、一九六四年八月二十六日。入朱有）

京都の塔

京都駅前に、最近たった塔が、不評をあびている。好ましくないのは確かだが、京都駅の周辺には、もう昔の面影はなく、なにが建とうと害されるほどの風致ではない。むしろ変な観音様なんか作らなかったのが幸いというべきだろう。が、そんな塔を建てるに至った理由の方は問題で、関係者に聞くと、京都には古いものしかないと思われている、そこで、新しいものも存在することを認識してもらうために作ったものだという。

新しもの好きは京都人の通弊で、電気《ママ》や電車をはじめて作ったのも京都であると聞く。これは大変面白いことだが、それとこれとはちょっと違う。同じ性癖は、美術工芸の上にも現れ、新しいもの、モダンなものに、見境もなく飛びつくので、理解に苦しむときもある。私たちはそんなものを京都に求めはしない。いや、古く美しいものこそ常に新しい、そこから再出発するために、私たちは、心の故郷へかえるのだ。天二物を与えず。これは愚痴ではない、自分をよく知った人間の自信にみちた言葉だと思う。

醍醐寺や東寺の塔がそびえる古都に、新しい塔の一つや二つできたところで、現代京都の「背のび」を示す象徴としかうつるまい。結局、高いお金で悪評を買ったようなものだが、この経験を忘れてほしくはない。京都にはまだすることが沢山ある。たとえば高台寺から清水へかけて、その西側の花見小路から建仁寺のあたりは、風情にとんだ散歩道だったが、いまや温泉マークのちまたと化した。それは遠く岡崎辺まではびこりつつあるようだ。別に売春を奨励するわけではないが、それにつけても思い出されるのは昔の島原で、人里離れた土地に、特殊な区域を作った人々の賢明さだ。それがほんとうの政治というものだろう。実質のない宣伝に、大衆は決してごまかされやしない。高い塔より、一つのささやかな散歩道を。これが私たち京都を愛するもののねがいである。

（同、一九六四年九月二日。入朱有）

奈良の塔

私は奈良坂の上から、大和平野をながめる風景が好きである。春日山から三輪へかけての連山がはるばると見渡され、黒い森林のうねりの中に、大仏殿の甍が光り、その向うに興福寺の塔が浮ぶ。そこで私は、いく分気が遠くなるような思いで、奈良へ来た、奈良へ還ったのだと、その度毎に感動を新たにする。

ところが最近、興福寺の塔と重なる位置に、妙なものが建った。聞いてみると、県庁のビルだという。近ごろ奈良はとかくごたごたが多い。正倉院裏のドライブウェイ、古墳群の中のドリームランド、三笠山の温泉と、紛争がつづいたが、いずれもうやむやの中に文化財側の泣き寝入りに終った。それらは済んだことだから仕方がないにしても、今度の県庁はあきらかに冒瀆だ。古都を守るべき役人が、先に立って犯すのだからたまらない。駅の付近の美しい築地の塀もこわされた。駐車場のために、木も伐られた。何もかも観光客の便宜のためだというが、目のつけ所が主客転倒しているのは、京都の塔の比ではない。

なつきにし奈良の都の荒れゆけば出で立つごとに嘆きしまさる

万葉の歌人の悲しみは、さながら今の姿である。

たしかに古い文化をしょって生きて行くのは、大変な重荷であるには違いない。が、古都を売りものにしながら、これほど大事にしない国民も無いと思う。建てやすく、こわしやすい家に住んだ伝統であろうか。それは奈良や京都ばかりでなく、日本人全体の責任といえる。そうしたことが見事に両立しているのは、アテネとローマで、そこでは過去と現代が、互いに侵すことなく、時には美しい調和さえつくり出している。外国のことを例にひくのは嫌いだが、学ぶべきことは一日も早く学ぶに越したことはない。こうして書いている間にも、奈良は刻々崩壊しているのだ。そして、自然の崩壊とちがって、人工を加えたそれが、はるかにすみやかなのはいうまでもない。

（同、一九六四年九月九日。入朱有）

夏の終り

小田急沿線の鶴川にうつって、二十年になる。生田と玉川学園の新興都市にはさまれて、ここだけはその長い年月、静かな農村の風景を保っていた。少くとも、私の家からの眺めは戦前と変らず、なだらかな多摩の丘陵がつづき、雑木林の間を縫って、鎌倉街道とよばれる古い往還が、見えつかくれつ通っている。とくに夏の終りの今ごろは、薄《すすき》の中に、女郎花《おみなえし》、ほととぎす、りんどうの蕾なども見え、昔の武蔵野を思わせる趣の深い散歩道であった。

海でも山でも、未だはっきり秋とはいえないこのころの、やつれた風情が私は好きである。それは大病をして、峠を越したあとの、ほっとした気分に似ている。ことにこの夏は、病気というほどではないが、身体の調子が悪く、二ヶ月余りも軽井沢で静養したため、まるで退院でもするみたいに、家へ帰るのがたのしみだった。

ところが、帰って来てびっくりした。まったく景色が一変したのである。あの緑の岡も、雑木林も、赤土のみにくい山と化し、ブルドーザが大きな音を立てて、右往左往している。むろん鎌倉街道の跡などどこにもない。団地が建つのだ。したがって、我々がとやかくいう筋合ではないが、せめて名所旧跡なら文句もいえる。手をつかねて、目の前に、長年親しんだ美しい自然が、破壊されて行くのを見るのは、身を切られる辛さである。騒音のために、私たちは、どならなくては会話も出来なくなった。電話もよくは聞きとれない。そんな状態が、この先一二年はつづくという。

その変りはてた姿を見て、一番気を落したのは、鶴川で育った娘だったが、彼女は自分の胸を指さしてこんなことをいう。「みんな、ここにあるからいいの。がっかりすることないわ」と。

私はふと、「満目青山は心にあり」という詞を思った。

（同、一九六四年九月十六日。入朱有）

モデルと小説

岩下俊作氏が新聞に、無法松のモデルについて書いていられる。正確にいえば、モデルはない、と断っているのだが、もはや、後の祭りで、小説を読んだことのない私にも、無法松は実在の人間としか思われない。作家の冥利というべきであろう。

井伏鱒二氏の作に、『珍品堂主人』という骨董の世界を描いた小説がある。映画にもなったので、覚えている方も多いと思うが、この小説のモデルは実在の人物で、私も長年の知り合いだ。むろん創作のことだから、実物とはちがい、実話でもないが、井伏さんは我々仲間から取材され、あの傑作が出来上った。

それが出版されて間もないころ、山陰方面を旅行したことがある。旅先のつれづれに、骨董屋を回るのが私の愉しみだが、行く先々で、珍品堂のモデルと名のる人物に出会う。はじめはいちいち釈明につとめたものの、当人は得意なのだから、うそだというのも気の毒。だが、話を聞いてみると、いずれも本物よりずっと「珍品堂主人」に似ており、帰って来てその由を報告すると、本物は横を向いて苦笑した。

彼の本名は、秦秀雄さんというが、こうした場合、贋物が現れると、本物はてれるものらしい。せっかくいい名前をもらって、有名になったのだから、使った方がいいとすすめても、不機嫌になるばかりだった。そのかわり、自分で本を書きだした。もともと筆は立つ方なので、売れたらしいが、やがて抵抗を感じることにも飽いたのか、箱書などに堂々と、珍品堂あるいは珍堂と署名するようになった。人に「珍品堂さん」と紹介しても、てれることもなくなった。

さきごろ聞いた話では、自分の生家に、「珍品堂ここに生る」と井伏氏に書いてもらい、かたや小林秀雄氏に、「珍品堂ここに死す」と並べて書いてもらうのが望みだという。実現するかしないかは私の知る所ではないが、それにしてもどっちが本物か、だんだんわからなくなって来たのは事実である。

（同、一九六四年九月三十日。入朱有）

ベケットを見て

「ベケット」という映画を見た。

ノルマン人のヘンリー二世と、サクソン人のトーマス・ベケットは、政治の上ばかりでなく、女遊びでも狩猟の場でも欠くことのできぬ親友であったが、王はいつも聡明な臣下に対して、信頼と同時に嫉妬を感じていた。事あるたびに、様々な方法で、友情がためされるが、それは相手ばかりでなく、王自身の心をも確かめるという風だ。愛情とにくしみの奇妙な相剋は、ついにベケットを王と同等の、カンタベリー大僧正という、困難な立ち場につかせるが、人間の友情の間に、神が介在すると、危うく保っていたバランスは崩れ、王者の尊厳を守るために、神に仕えるベケットを殺すはめに至る。さいごに、冬の海辺で、自分から去って行く友の後ろ姿に、「トーマス」と絶叫するオトゥールの王様は印象的である。

そこには、人間のどうにもならない、ドラマというものが、七〇ミリの画面に大写しにされた、ほおの筋肉の痙攣《けいれん》に、レンブラントの絵を思わせる色調の中に、的確にとらえられ、映画もついにこの域に達したかと、私はひどく感動した。

このことは、主役の二人だけでなく、端役の末に至るまで、みな自分の運命を忠実に生きぬく。たとえば、王がベケットの愛人を奪う場面では、女が無言でベケットを見つめている中に、死ぬより他ないことを悟り、少しもためらわず自殺する。ベケットを殺そうとした若い僧は、ベケットの信仰が真実であることを知るや、ひるがえって忠誠を誓い、彼の楯となって死ぬ。それは確かに悲劇には違いないけれども、ふつういう意味の悲劇とはちがう。それ以外に生きる道がないから、死を選ぶのであって、この思想は映画全体をつらぬいている。

私は映画館をでて、明滅するネオンサインをながめながら考えた。はたして、現代の私達は、彼等ほど自分の生きる道をわきまえているだろうか。精神の自由を満喫しているだろうかと。

(同、一九六四年十月七日。入朱有)

修学旅行

嵯峨の龍安寺が、小中学生にかぎり石庭の拝観を断ることにしたと聞く。それについては色々意見もあるらしいが、子供たちだけではなく、実際近ごろは目に余るものがあった。といって、見物人を全部しめだすわけにもいかないから、彼等が槍玉に上ったのだろう。子供はいいかげんな大人より、象徴的な美しさがわかるのだから、小さい時からいいものを見せておく必要がある、と反対者はいう。たしかにそうに違いないが、一度や二度素通りしたところで、何のタシにもなるまい。

私は時々、奈良や京都で、修学旅行の生徒たちに出会うことがあるが、何でも見てやろう主義のそのスケジュールはめちゃくちゃだ。結果として、何一つ見ず、覚えず、疲れはてていらいらし、行儀が悪くなったとしても、それは彼等の罪ではない、あきらかに先生たちの怠慢なのである。

ほんとうに教育のためを思うなら、もう少し工夫があっていいと思う。たとえば平等院を選ぶなら、平等院だけに集中し、浄土を模した寺をめぐって、宇治川の合戦や頼政の最期を語って聞かせるなら、彼等は胸をおどらせるだろうし、人間の悲哀も知りそめるに違いない。舞台は完璧だし、ここでは先生は講談師になればよい。私はアメリカで、大変いい歴史の先生に恵まれたが、血湧き肉躍らなくて、いわゆる客観的な史実など、何の印象も残さぬことを痛感した。聞けば旅行のプランも、旅行社に任せっきりの場合が多いというが、情操教育が必要なのは、むしろそういう先生たちの方ではないだろうか。

実は私も子供のころ、お寺ばかり見せられてうんざりした覚えがある。それより海や山で遊び呆けた経験の方が、ずっと身についていてためになったように思われる。大人になって、龍安寺の石庭に感動したのも、そこから子供のころに聞いた潮ざいの音がひびき、汐の香が匂って来たからだ。決して、禅の書物や、美術の解説書から得た知識ではない。

(同、一九六四年十月十四日。入朱有)

補陀落信仰

ある出版社に頼まれて、私は今西国三十三ヶ所を回っているが、第一番の札所〔青岸渡寺《せいがんとじ》〕、那智の滝の麓にある補陀落山寺《ふだらくせんじ》というお寺が、奇妙に印象に残っている。周知のとおり、那智の御詠歌も「ふだらくや岸うつ浪」ではじまるが、補陀落というのは、観音様の住む浄土で、それが仏教と結びついて後に日本に渡り、独特の信仰をかたちづくった。紀州の補陀落山寺から、小舟に乗り、西の方をさして漕いでいけば、必ず成仏するという入水思想である。

中でも平維盛《これもり》の伝説は有名で、源平の合戦で敗れた後、高野に落ちた維盛は、ついに逃れられぬとさとり、この浜べから、還らぬ旅に船出した。今でも「維盛鎧掛けの松」、最後に立ちよった「山成《やまなり》の島」などが、海上はるかに浮び、平家滅亡の哀話を語っている。

維盛の入水は伝説にすぎないかもしれないが、彼によって代表される多くの人々が、最後にこの寺にまいり、この浜から船出したことは事実で、何もかも見ていたに違いない大きな樟のほか、人っ子ひとりいない境内にたたずんでいると、ひたすら浄土を求めた人々の想いがひしひしと迫ってくる。「哀れ」と人は呼ぶかもしれないが、とてもそんな言葉ではいいつくせない寂寞の采配がある。

そんな思いにふけっている時、隣家のラジオが鳴り出した。一分八秒とか九秒とかいっている。オリンピックの放送らしい。私はいきなり現実に引戻されたが、西方に浄土がある、と堅く信じた昔の人々の信仰は、今も生きつづけている、たしかに生きている、ふと、そういうことを感じた。考えてみれば、何一つ、西方から来ないものはなく、西の国にあこがれない若者もいない。それは様々の形で現れているが、してみると補陀落の信仰も、日本人の持つ一種の生活力といえるのではないだろうか。それのもっとも純粋で原始的な表現ではなかったか。さびれた寺に、たった一本、うっそうと茂る樟の大木は、その象徴の如くに見えるのであった。

（同、一九六四年十月二十一日。入朱有）

同行二人

西国巡礼の取材の為、方々廻っていることは前に記したが、私はもともと取材ということが苦手である。ノートや鉛筆を用意していても、つい書くのを忘れたり、書いてもなくしてしまうことが多い。それで執筆する時に困るのだが、小さなことでも身に沁みて経験したことは、決して忘れることがないもので、ノートにとれることなんて、いわば耳学問にすぎないとも思っている。巡礼といっても、近ごろは道路が発達したので、そう苦労はない。が、中には何キロも登らなくてはならないような山奥の寺もあり、そういうところは反って印象が深い。二三日前は、近江の観音正寺《かんのんしょうじ》というお寺へ行った。地図で見ると、五六百メートルの何でもない山なのだが、行ってみてびっくりした。自然石の急な石段が、麓から天辺までつづいているのである。

少し登ると、東の方に湖水が見えて来、こがねに色づいた広い平野の向うに、三上山が望める。比良の高嶺には、いま夕日が落ちる所だった。一人で見るには勿体ない程の景色だが、さすがにここまでやって来る観光客はなく、全山森閑として、紅葉の上をゆく風も肌さむい。私は心細くて、たまらなくなって来た。一時は、引返そうかとも思った。その時、ふと思い出したのは、巡礼の笠に、必ず「同行二人《どうぎようににん》」と書くことだった。観音様と二人という意味である。私は観音信者でもなく、巡礼の恰好もしていなかったが、そのことに気づいた時はうれしかった。もはや淋しいとは思わなかった。人間は、いくら偉そうなことをいっても、孤独ではいられない。いや孤独だから、何物かを必要とするのだろう。

むかし、京大の水野清一氏から聞いた話を思い出す。水野さんは、毎年パキスタンの発掘に行かれるが、砂漠の中に一人ぼっちで残されると、何かに触っていないと堪えられなくなる。それがこれですと、アポロの像を彫った、美しい古代ギリシャの銀貨を見せてくださった。「同行二人」とは、必ずしも巡礼だけの言葉ではないようである。（同、一九六四年十月二十八日。入朱有）

ふだんの顔

オリンピックもめでたく済んで、東京はようやくふだんの顔をとり戻した。そこには、避暑客が引上げた後の避暑地のような、一抹の淋しさがただよっている。ニチボー貝塚のチームなどは、ひとしお虚脱感を味わっていることだろう。大松監督は、試合の前に、世間では自分が選手たちの青春を奪ったようにいっているが、みんなバレーが好きだからついて来ただけのことで、「わしは彼女たちがすばらしい青春を謳歌してきたと信じとる」といい切ったが、私もその言葉を信じたい。極端なことをいえば、彼女らの青春は、あのソ連との決勝戦の数時間に花咲き、散って行ったともいえるのであって、そんな充実した青春を体験した若人たちは仕合せだと思う。

私はオリンピックの間、取材旅行に出ていたので、テレビでしか見られなかったが、個人で印象が深かったのは、チェコのチャスラフスカという体操の選手であった。とりわけ、彼女が、段違い平行棒で、ウルトラCとか呼ぶ演技に失敗し、一度地上に落っこちてから、悪びれもせずすぐ鉄棒にとびつき、つづきを行ったのは美事であった。彼女は楚々とした美人で、少し猫背の姿勢に魅力があり、ちょっとした仕草にも色気があった。だから人気があったのだろうが、先日来た週刊誌をみて唖然とした。競技場で、あんなに美しかった女性が、ふだんの姿では、スラブ丸出しの田舎娘で、もし名前が記してなかったら、とても同じ人間とはわからなかったことだろう。私は、一種の感慨をもって、その写真を眺めたが、逆に考えれば、このことは、彼女がどんなに優秀な選手であるかを示していた。

私が子供のころ、杉山立枝という笛の名人がいた。ふだんは少しだらしないほどの好々爺であったが、舞台に出ると、この人が出ただけで舞台全体が引締るような堂々とした風貌に変った。彼ほどの名人でなくても、大体役者は舞台顔がいいものだが、そこにまた、芸とかスポーツというものの、ある限界が見出されるのかも知れない。

(同、一九六四年十一月四日。入朱有)

湯浅の宿

先日中は紀州方面を旅行していたが、どこもかしこも一律に観光地化しているのにがっかりした。せっかくおいしい魚が食べられると思っていたのに、「みな大阪からとりよせています」と自慢される始末である。その中で、湯浅という町だけはちがっていた。ここは鎌倉時代に栂尾《とがのお》の上人と呼ばれた明恵の生れた所で、庵室のあった白上の峰には、施無畏《せむいじ》寺というお寺が建っている。その手記や伝記にもしばしば語られているように、山上からの眺めはすばらしく、油を流したような湯浅湾に、美しい島が二つ三つ浮び、遠く四国まで見渡せる夢のような景色である。

私はそこがすっかり気に入って、動くのがいやになってしまった。お寺で聞いた話によると、町には古い宿屋が二軒あるという。私は、そのうちの海に面した広屋という宿を選び、たずねて行くと、突然なのに快く泊めてくれた。まったく、「一夜の宿を御貸し候へ」という気分であった。

部屋の窓をあけると、下はすぐ入江になっており、時々魚がはねる音がする。沖にはいさり火が既にまたたいていた。お茶をはこんで来た娘さんらしい人に聞いてみると、この家は徳川時代に宿屋に転業したが、元はといえば熊野海賊の一党で、そのために船の出入りに都合よく作られているのだという。

その夜、私ははじめてとりたての魚にありつき、土地の野菜に舌鼓を打ったが、水軍の将の如き風貌の御主人とも洒を酌みかわし、色々珍しい話を承った。そのことは、いずれ書く折もあろうが、その一つに、湯浅は白魚が名物で、俗に「節分十日」という。節分を十日すぎてからしゅんで、それから三月半ばまでが食べごろであるそうだ。必ずその時にはたずねることを約して別れたが、湯浅はまた金山寺味噌も名物で、鎌倉時代に伝えたそのままの方法で作っている。おいしいので、友達に送って喜ばれたが、旅先で、偶然うまい物や温かいもてなしに出会う程うれしいことはない。観光地では味わえないたのしみである。

（同、一九六四年十一月十一日。入朱有）

出口直日さんの焼きもの

先日、日本橋のある美術商で、出口直日《でぐちなおひ》さんの陶芸展があった。出口さんは、大本教三代目の教主で、私は面識がなかったが、送って来たパンフレットの写真を見ると、気持のいい作品が並んでおり、「ほしい方は御相談に応じます」と記してある。私は新しい作家のものも好きなのだが、このごろは不当に高くなって、中々手が出せない。こういう方の作なら、失礼ながら手ごろな値段で頂けるかも知れない、そう思ってたのしみにしていた。

一日目は行けなかったので、二日目に行った。ところがすでに全部売切れて、私はがっかりした。それもそのはず、出口さんの焼きものは、何れも近ごろお目にかかれないような、のびのびした作で、てらいがなく、その上素人とは思えぬ程ろくろも巧い。つまり、素人のうぶさと、玄人の技術を、あわせ持っているのである。こんな作品を、焼きもの好きがほうっておくはずがない。一体どんな方だろう。私は、ほのぼのした茶碗の、快い触感をたのしみながら、買えなかった口惜しさを、まぎらわしていると、世話役の方が現れて、そんなにほしければ亀岡へいらっしゃい、教主さんもきっと喜ばれますと、親切にいって下さった。

それから数日後、ちょうど丹波に取材することがあったので、臆面もなく亀岡の大本教本部をたずねると、直日さんは快く会って下さった。綾部の工房も見せて頂いた。作品のことを褒めると、もともと楽しみで焼いているので、人に見せるためではなく、まして売るためでもない、それが思いがけなく皆さんに褒められて、「恥かしゅうて恥かしゅうて」と消え入りそうにいわれる。その姿には、新興宗教の教主といった気ばった所はなく、作品そのままの自然さでお年は六十すぎと聞いていたのに、その焼きものがういういしいように美しく見えた。こういう特殊な環境に育った人には、やはり私たちにはないものが備わっているのだろう。お能も舞うといわれたが、私には見なくても、それがどのような舞いぶりか、はっきりわかるように思われた。

（同、一九六四年十一月十八日。入朱有）

言葉の変遷

レストランで、シチューを注文し、「ごはんを下さい」というと、「ライスですか」と聞き直される。「おひや」を頼むと、「アイスウォーターですね」と訂正する。英語を知らないおばさんに、教えてくれるつもりなのだろう。今さら、日本人だから日本語を使ったらいい、などと憤慨しても始まらない。ライスもウォーターも今や完全に日本語と化している。が、その反対の場合もある。フィルムと発音すると、フイルムと直されるし、ファンはフワンといわねばならない。私が住んでいる田舎では、ＤＤＴでは通じなくて、デーデーテー、デーデーシー、デーデーピー、その他デーデーがつけば何でもいい。先日農家のおばさんが「ＰＨＤ（哲学博士）になった」というから、こりゃ大変なことだと思ったら、ＰＴＡのことだった。

　が、日本人が、必ずしも外国語好きかというと、そうでもないらしい。私が子供のころ、石鹸はシャボンだった。フランス語のサヴォンである。私は今でも時々停車場といって笑われるが、それもステーションが、ステンショになり、停車場と変って、現在では、一番古い言葉の「駅」に返った。戦後、混乱を極めた外来語も、その中どこかに落着くに違いない。ぎやまんというのは、懐しい言葉だが、字引をひいてみたら、ディアマンテ（ダイアモンド）のなまりであるという。

　さすがに私も、活動写真とはいわなくなったが、いく分気恥かしい思いをせずに、西洋人のことを「外人」とは呼べない。若い人達には何でもない言葉だろうが、「芸術」も、「作品」も、私にとっては恥かしい。兼好法師は、今様の言葉を知らない人は奥床しい、という意味のことをいったが、そういって澄ましてもいられない。が、それも人によりけりで、たとえば福原麟太郎氏などが、西洋人とか活動写真と書かれると、いかにもぴったりで、奥床しく聞えるから不思議である。貫禄の相違というものであろう。

（同、一九六四年十一月二十五日。入朱有）

幸祥光の芸

幸祥光《こうよしみつ》、といっても一般には知られていないと思うが、お能の方では昔から有名な鼓の名手である。それもどの時代にもいる名手ではなく、百年に一人、といったような名人だと私などは信じている。お能は極めてせまい世界であり、ことに鼓の技術は特殊なものであるから、ちょっと説明はしにくいが、幸さんの鼓を一度でも聞いた人なら、その音色がまったく違うことを、どんな素人でも外国人でも聞きわけるであろう。相当の上手でも、「鼓を打っている」感からまぬかれないものだが、幸さんだけは道具が肉体の一部と化しているように見え、鼓が幸さんか、幸さんが鼓か、わからない。鼓のテは、至って単純で単調なものだが、その一つ一つを完全に打分けて、複雑な感情まで表現できるのは、おそらく幸さん一人であろう。私もたびたび相手をして頂いたことがあるが、舞っていても舞ってることを忘れて聞きほれてしまう。ということは、結果として、鼓が舞を舞わせるのだ。

「私達は舞台でこんなに楽しんでいるのに、見物人はむつかしい顔をして、いいとか悪いとか批評している。あれでほんとうにわかってるのでしょうか」。ある時、幸さんはそんなことをつぶやいた。

「お能の将来なんて考えたって仕様がない。ただ、今、鼓を打っていること。それだけが私の生き甲斐です」ともいった。能楽師も世間一般と同じように、よろず事務的になっている今日、幸さんは自分の仕事に無上の喜びを持ち、舞台を楽しむ人なのだ。それだけに、名人の孤独も、人一倍感じていられるようである。

そういう人が長い間芸術院の会員に推薦されなかった。理由はシテ方ではなく、一介の囃子方だからだが、こんな至芸をみとめないなんて、芸術院もいいかげんな所だ、と知る人は皆思っていた。それがこのたびめでたく会員になられた。幸さんのためにも、芸術院のためにも、心からお祝いを述べたい。

(同、一九六四年十二月二日。入朱有)

壺坂縁起

壺坂寺〔明治以降の表記は「壺阪寺」〕というのは、浄瑠璃の「壺坂霊験記」で名高い寺である。説明するまでもないと思うが、沢市という盲人が、壺坂の観音を信仰しているが中々目がよくならない。色々屈折があって、絶望のあげく同情した妻のお里とともに、谷に身を投げると、観音様のご利益で目が開いたという一種の説話である。

先日私は、そのお寺をたずねたが、山は高く谷は深く、そういう哀れな物語には、まことにふさわしい背景のように思った。この浄瑠璃は意外に新しく、明治十六年に豊沢団平によって書きおろされたと聞くが、沢市・お里の物語は、寛文年間の実話であった。この観音には、千年以上も前から、眼に関するいい伝えがあり、ひいては眼病にご利益があるという信仰が生れ、浄瑠璃はその伝統のもとに脚色されたのである。

八世紀のはじめごろ、弁基上人というお坊さんがあった。壺坂山の幽邃を好んでこの山に住んでいたが、水晶の壺を愛し、常に肌身離さず持っていた。ある時その壺の中に、観音の像《すがた》を見、それをうつして千手千眼観音を彫刻し、お堂の中に安置した。以来、「壺坂上人」と呼んで崇められたが、後に還俗して、春日蔵首老《かすがのくらびとおゆ》と名のった。万葉集にも名の出ている人で、次のような歌をよんでいる。

つぬさはふ磐余《いはれ》も過ぎず泊瀬山いつかも越えむ夜は更けにつつ

この調べは、行い澄ました坊さんの作風ではなく、老いてなお何物かを求めて止まぬ精神を表している。

水晶の壺の中に、その情熱が、観音像を感得せしめたのであろう。

現在、壺坂寺の門前には、盲人の養老院があり、花を作っていると聞いた。場所がらふさわしい施設だが、花の香りは彼等の心を慰めてくれるだろうか。どうかそうあってほしいと思う。

（同、一九六四年十二月九日。入朱有）

狂言

先日、大蔵流の狂言の会があった。狂言というのは、お能の間で行われる短い喜劇で、ふつうはほんの息ぬき程度にしか扱われていない。が、狂言の持つ辛辣なユーモアが、近代人に通じるものがあるのか、戦後は急に盛んになり、年に何回か、お能とは別に一本立ちで行われるようになった。今まで下積みの役に甘んじていただけ、これは大変結構なことで、見物も、お能の世界と無関係な人が多いのは、なおさら結構なことだと思っている。

さて、その会だが、私は遅れて入って行った。舞台では、何かおかしなことをやっているらしく、満員の見物席には、爆笑が起こっていた。「貰聟《もらいむこ》」という狂言で、大酒呑みの男が、毎晩遅く帰って来て、女房にからみ、堪えきれなくなった女は、里へ帰ってしまう。父親は、毎度のことなので、決心の程を問うと、あんな男の所へ帰るなら、身を投げて死んでしまうという。で、今度こそ引きとるつもりで待っていると、はたしてそこへ、酔いのさめた男がやって来て、子供もいることだし、二度と再び酒は飲まないから、ぜひ思い直してくれと頼む。ついに口論となり、つかみ合いをしている所へ、横から女がとび出して来て、夫の加勢をし、父親を散々な目に遭わして、夫婦仲よく帰って行くという筋である。

話は他愛ないが、どこの家庭でも、毎日起っているような痴話喧嘩で、はじめから父親は、そういう結末になることを予期したように見える所が面白い。狂言には、もっと深刻なモーパッサンを思わせるような皮肉なものもあるが、こういう軽い曲にも味がある。中でも、太郎冠者が主人をやっつける話が多く、封建時代の殿様たちが自分の滑稽な姿を見て喜んだというのは、彼等もユーモアにとんだ人たちだと思う。

狂言は、一般的にいって、関西の方が盛んである。この間も京都の茂山一派によって行われたが、芸も巧い。やはり漫才や落語と一脈相通じるものがあるからだろう。


（同、一九六四年十二月十六日）

金田の危機

数年前、国鉄の森滝投手が、完全試合というのを行ったことがある。その夜のテレビに、森滝と金田がゲストとして出ていたが、話が済んでからアナウンサーが、「では、最後に森滝さんのために、ひと言」と金田にいうと、彼は言下に答えた。「完全試合なんかしたことを、なるべく早く忘れることです」と。

さすがに何かやった人は違うと、その時感心したので覚えているのだが、森滝はその後ぱっとしない。まさかその日の栄光を忘れかねたわけでもあるまいが、完全試合なんてものは、狐つきみたいなもので、した後の投手は大抵つぶれるという。金田だけが、そういうジンクスや危機をそのつど乗り越えて大成したのであって、稲尾があやしくなった今日、いよいよ貴重な存在となっている。

その稲尾についても、金田は週刊誌にこんなことを書いていた。今、ここにないので、言葉どおりではないが、去年の稲尾の活躍ぶりについて、「あの時の稲尾の働きぶりは、見ていて辛かった。それはもはや球を投げているのではなかった。稲尾は、魂をほうったのだ。わしにはそれがようわかった」。そして、投手にはそういう瞬間があるものだが、魂までほうってしまうと、後の回復は長くかかる、そういう意味のことだった。

尾崎のことでも、王のことでも、実によく見ているので、私は金田の書くものを愛読したが、それは野球だけでなく、他のものにも通じる面白さがあった。

最近、彼の去就が問題になっている。野球ファンとしては気になることだが、いろいろ内部の事情もあることだろう。こまかいことは外のものにはわからないが、野球の手前、きれいに、男らしくやってほしい。他人の危機はわかっても、自分の危機は、乗越えるまで中々わからないものだ。大勢の見物を前に、プレートに立ったつもりで、立派なプレイが見せてもらいたいと思う。

(同、一九六四年十二月二十三日)

いい話

先日タクシーの運ちゃんから聞いた話である。

「世の中にはずい分いろんな人がいるねえ、奥さん。こないだあたしゃ、びっくりしちゃった。オリンピックの間なんですがね、青山の通りで、外人をのっけた。若い男で、汚いかっこうしてんですよ。何しろあの時はいろんな奴が来てたからね、大丈夫かしらと思って、のっけたんだが、どこへ行くかって聞くと、トウカイドウ、トウカイドウってんですよ。じゃ、横浜あたりへ行くのかと思ってると、オダワラ、オダワラっていう。オダワラにつくてえと、今度はナゴヤへ行け、みたいなことをいう。こっちは英語はできねえし、こんな奴にかかりあってちゃ、やり切れねえ。バックミラーをのぞいてみると、いやに貧相なかっこうしてやがる。荷物だって、小さなボストンバッグ、あれ一つだわね。すっかり薄気味わるくなっちゃって、交番の前へつけてやった。

運よく、オリンピックだったんで、英語のしゃべれるおまわりさんがいて、通訳してもらうと、やっぱり名古屋へ行きたいってんだ。それから先も、都合によっては、九州あたりまで行くかも知れない。こんな奴につきあってちゃ、おまんまが食えねえ。あっしゃ、その時、はっきり英語で、アイアムノウと断っちまった。ところがですよ、奥さん。おまわりが心配して、別の車世話してもいいが、時にお前さん、金はあるのかね、と聞くと、金かい、金ならいくらでもあるよって、ボストンバッグ開いてみせた。あたしゃ、驚いたよ、一万円札が束になってごろごろしてっじゃないか。

しまった、と思ったが、金を見てから、ウンといったんじゃ、男が立たねえ。おまけに相手が外人じゃ、日本人はウソつきだと思われる。ぐっと我慢したねえ。あとでおまわりに聞いたら、相手は金持ちのお坊ちゃんで、そうやって北海道から見物して来て、毎日チップに一万円くれるんだってさ。だけど、あっしは、やっぱりあん時、断ってよかったと思ってるよ。そうじゃねえか、奥さん」。

(同、一九六五年一月六日)

縁

ある会合で、佐佐木茂索さんにお会いした時、こんなことを聞かれた。――白洲というのは、珍しい苗字だが、こないだ青山の辺を散歩をしていたら、あるお寺で、白洲丈助と書いた墓石があった。入口の所に、半ば捨てられたように、積み重ねてあったので、もしやお祖父さんかだれかのお墓ではないかと、親切に注意して下さった。

丈助という名前は、聞いたことがないので、関西の家の妹たちに問合せてみると、やがて返事が来た。白洲の家は、元は甲州の白洲という土地の出だが、武田の一族であったため、滅されて、徳川時代には三田《さんだ》の九鬼藩の儒者兼家老をつとめていた。したがって、家には沢山古い書類が残っている。その中から妹がしらべてくれた所によると、三田へうつって三代目の元禄年間に、たしかに丈助という名前があった。が、彼は次男であったため、若くして江戸へ出、漢学をおさめた後、幕府の祐筆になり、秀才のほまれ高かったが、いかなる理由か切腹して果てた。で、青山の某という寺に葬ったが、その墓所は不明だと書類にある。

疑いもなく、祖先の一人に違いないので、その後墓石を三田に送り、手厚く葬ったが、よほどお国に帰りたかったに違いないと、私達は話し合った。ひとえに佐佐木さんのご厚意によるものだが、そのお話を聞いた時、寺の名も所もさだかではなかったのに、青山の辺を行き当りばったり捜して、一番先に入った寺に、すぐ見つかったのも不思議であった。そういえば佐佐木さんも、ふだんは散歩なんかしたことはないのに、その日は急に歩いてみたくなったのも不思議だといわれた。

それにしても、丈助さんは、何故切腹なんかしたのだろう。いくら封建時代でも、よほどの理由があったのに違いない。人には語れぬその思いが、三百年を経た今日、やっと通じたのかも知れない。偶然とはいえ、おそろしいことだと思う。

(同、一九六五年一月十三日。入朱有)

国民性

ある男が猿を飼っていた。あんまり自分の真似をするので、ある日、留守の時は何をしているだろうかと、外出するふりをして、そっと戸口の所へしのびより、鍵穴からのぞいてみると、猿も同じように、鍵穴からのぞいていたという。

これはフランスの笑話だが、いかにもフランス人らしいユーモアを表していて面白い。

パリにヴァンセンヌという動物園があり、小さな堀をめぐらして、動物たちが放し飼いになっているが、外国の動物園は日本とちがって、公園みたいな気分なので大人も遊びに来る。恋人たちが腕を組んで、仲よくやっているのも、相手が動物だから、気がおけなくていいのかも知れない。が、あまり安心はならない。ここのチンパンジーは、見物の前に出る時、必ず二匹ずつ、長い手を肩に回して、恋をささやくような恰好で現れる。人間の方は自分のことに夢中なので、気がつかないが、第三者にとって、これ程おかしな見ものはない。見物しているのではなく、見物されているのだ。

この動物園にはおきまりの猿山もあって、西洋猿と日本猿が隣り合っている。西洋猿の方は、けんかする、口論する、相撲をとる、子供をからかって、母猿に怒られる、いつも大騒ぎでごった返しているが、日本猿の方は至って静かなもので、ボスが威厳をしめして見回っている間、座りこんで日向ぼっこなんかしている。ただ、疑い深そうな眼つきで、四方に注意を怠らないことはたしかで、騒ぎが起るのは、自分の領域を侵された時だけだ。それは身の回り、わずか一間四方ぐらいのことらしい。後はむっつりしているので、見てもつまらないから、見物人はよって来ない。日本猿は、外国にいてさえ、国民性を変えないのだろうか。いや外国にいるから、よけい島国根性を発揮するのかも知れない。

（同、一九六五年一月二十日）

終りに思うこと

先日子《し》母《も》沢《ざわ》寛《かん》氏が、この欄に、「早気」ということを書いておられた。弓を射るとき、矢をつがえて昏のあたりまでおろし、ここで矢が自然に放れるまで一瞬待つのだが、ある時ふと矯《た》めておくことが出来なくなり、早く放してしまう。これを早気の病といい、そういう癖がつくと中々直らないという。この話は私に面白かった。面白いというより、こわいと思った。私は弓もやったことがあるが、まったくの素人で、そんな微妙な所までわからなかったが、そういわれてみると、たしかに矢が放れるまでが弓の醍醐味で、放れてしまうと的に当ろうが当るまいが問題ではない。もちろん当った方がいいにきまっているけれど、それは別の次元の出来事だ。いや、その「間」が完全にとれさえすれは、的を射るのは当然のことといえよう。

二三日前に初場所が終ったが、あの相撲巧者の栃ノ海でさえ、今度の場所では、早気に悩まされていたようだ。栃ノ海だけでなく、ほんのちょっと我慢すればいい所を、ねばりがないため負けた相撲は多かった。日本のスポーツや芸能のたのしみは、オリンピック精神ではないが、勝負の結果よりそこに至る寸前の所にあると思うが、そういう意味で仕切りが時間制になっているのは、興味が半減する。見合っている瞬間は、子母沢寛氏の言葉を借りていえば、正に「天地とおのれの心が渾然と溶けあってそれがぱっと放れる」のを待つ気持だろう。放れてしまえば、矢と同じことで、もはや自分であって自分ではない。大抵の力士が、取口を説明できないのはそのためである。

年六場所というのも、早気をもたらす原因となろう。土俵で体験したものを温めてかもす時間がないからだ。かもす時間がないままに、私もこの欄を六ヶ月つづけたが、度々早気におそわれたのはいうまでもない。二枚書くのも二百枚書くのも、そういう点では同じである。今は一日も早く、この病から逃れたいと思っている。

（同、一九六五年一月二十七日）

3

散ればこそ

朝、起きぬけに電話がかかって近衛〔文麿〕さんの死を知らせて来た。十二月十六日のこと。暖い小春日和の好い日曜日だが、私達は東京へ行かなければならない。玄関、と云っても百姓家だから土間の入口の事なのだが、——瓦を敷きつめた靴ぬぎの上に立って、ふと私は思い出した。

この春、近衛さんが遊びにいらっしゃった時、ちょうど此処のこの所に立って、八つになる家の腕白坊主におっしゃった。

——どうだい、おじ様といっしょに行かないか。

——やだい、無理言うなイ。

さすがの近衛さんも、というよりも近衛さんだけにこの返答が大そう気に入って、中々去ろうともなさらなかったが、……この家にいらっしゃるのもあれが最後だった、と思えば何やら「さだめなきは人の命」とでも言いたい様な気持にかられて、深く厚いかやぶきのむこうの空を眺めやった。

　空は晴れ渡って一てんの雲もなかった。だが私達は口数が少かった。

――こないだの晩サヨナラを言った時、僕の肩に手をかけて長いことずっと見つめていたが、……あの時もう決心はついていてたんだね。

　そんな事を耳にしても何だかひどく昔の話を聞いている様な気がして、何も考えられないうつろな目に、白い薄の穂や黒い肌をあらわにみせた田圃、雑木林などが、次から次へと何の印象も残さず映っては消えてゆく。

　近衛さんはとうとうやった！　その事実がこうまで私を虚無的な気持にさせるのか。いや、決してそうではない。私個人にとって近衛さんという一人の人間を失う事は何でもなかった。勿論、多くの「おじさん達」の一人を失うその悲しみは感じられたが、それ以上に心をつきさす何物もない。洩れ聞くところによればその政治的才能は、世間に伝えられるより以上に繊細で敏感であった様だが、面と向っては（少くともこの私にとっては）、きわめておお味な人だった。特に興味を持たない政治の話は、時には面白くはあってもその場かぎりで、それだけにこれという印象の深い思い出も私にはないのである。それにもかかわらず、この個人的には無関心な気持に反して、心の底から次第にもりあがる一種のやる方ない憤懣が感じられる。その上に、故知れぬ自責の念さえ湧いてくるとは、――

　いったい誰が殺したのだ?!　たしかにアメリカではない。軍部でもなく、マッカーサーでもない。誰が？

誰が？　と思ったとたんにはっとした。故知れぬ自責の念と言ったが、その直感はあたってい
た。近衛さんを死に至らしめたのは、実にこのあたし、我々日本人なのではないか。この手をもって、……しかも己が手を血でもって汚す事なしに、じわじわ首をしめたのは！　それだのに私達は平気で生きている。否生きて行かねばならないのだ。「どうだい、一緒に行かないか」とさそわれても、私もやっぱり「やだい」と答えるだろう。おそろしい事だ、あさましい事だ、生きるというのは辛い事だ。

たしかに近衛さんはもう過去の人だった。過去のまぼろしにすぎなかった。その肉体は終戦と同時に死んだも同然であったけれども、しかしあの聡明な智恵を、あの誇り高い貴族の心を、どこの誰が、今、持っている事だろう。そして、あれ程実行力のないと言われた人が、最期においてのみ、かくも完全な死に方をした、――これは動かす事の出来ぬ事実である。コノウエフミマヨウなんどと言われもし、言いもしたが、……ざまあ見やがれ!!

近衛家では人の出入がはげしく、しかしそれも思った程ではなく、……泣いた顔、怒った顔、無表情な事務的の顔が、入れかわり、立ちかわり目の前にあらわれては過ぎてゆく。中で最も立派なのは千代子夫人であった。問題なく群をぬいて一番立派な態度だった。

近衛さんは寒そうに青白い静かな顔で白いものの中に寝ていらっしゃった。その顔はつめたく、――もう俺は知らないよ。

といった様にとりつく島もなかった。あの明敏な頭脳も、それからさなだ虫も、この肉体の中

で差別なくもろともに滅んだのであろう。あっけない事だ。

人は皆不安にかられているというのに、近衛さんも、その智恵も、その肉体も、まるで羨ましい程其処で安心しきっている。藤原時代から纏綿《てんめん》とつづいたこの国のアリストクラシーの最期。何だかその死はひどく美しい。が、おそらく新聞はそう書きはしまい〈又書く事も出来ないだろう〉。そしてこの死は多くの人々にとって永遠に不可解な謎であろう。何故死ななければならなかったかという事。——それは、「貴族」〈公爵や伯爵の事じゃない〉だから、の一言につきる。しかしこんな事はいくら説明してもはじまらない。その最期の言葉もおそらく人には何の印象もあたえないかも知れない。そして忙しい人達は七十五日待つまでもなく、すぐに忘れてしまうだろう。忘れて、そして忘れ果てた頃きっと人は思いだすに違いない。「神の法廷において裁かれるであろう」というあの最期のひと言を。

ようするに私はうんざりしていたのだ。安心しきった死顔を見ても、ただもううんざりするばかりだった。——そしてそのまま私は染井の能楽堂へとまわった。

六平太の「鉢木《はちのき》」と六郎〈後の二世梅若実〉の「乱《みだれ》」、それが今日の番組である。始まるまでに三四十分あるので私はその間にお弁当をたべようとした。けれども、つめたい、かたくなったサンドウィッチは只さえ喉までつまっているものをしずめる役はしなかった。無理に半分程のみこんだその時幕の中から「しらべ」の音がただよってきた。落ちついた、とは言えない程病的にまでしっとり沈んで暗い染井の舞台に、それはあけぼのの様なほのかな生命の動きをあたえるのであった。

お能は、無論見るのもたのしみだが、始まる前と終った後の空気が好きだ。芝居の様に色めきたった一種特別の情緒はないけれども、さやさやさやさやと羽二重のすれ合う様なささやきの中に、鼓や笛の音がどこからともなく聞えてくる、何という事もないが、それがいい。その調べは音楽とは言えないかも知れないが、何かこう弥勒菩薩的なものを感じる。期待とか希望とかいうはっきりしたものではなしに、来るかもしれない又来ないかもしれない縹渺《ひょうびょう》とした未来へのあこがれとでも言いたいような。——

やがて白茶の喜多六平太の源左衛門常世が橋掛《はしがかり》にあらわれた。何のたくみもないその姿は、お能でもなく、芝居でもなく、私達の周囲に見出せる極くふつうの人間、そんな常世である。

「ああ、降ったる雪かな」。何のたくみもないその謡は謡ではなくて、ひとり言だ。……

舞台にはいつしか雪が降りしきる。面白くない世の中だなあ、と常世は両の手をかきあわせながら嘆息の白い息を吐きつつそのままのすっと舞台へ入った。

この、何もない事のよさ。実際この世の中は色んな事がありすぎる。立体的に立体的にと自らつみあげて重荷をふやし苦しむ事をもってのみ尊しとする、……だが、こんな事は忘れて六平太を見よう、何もかも忘れてしばしの時をたのしもうではないか。

「鉢木」は白い能である、色があってはならないのだ。六平太は最後までそれを守り通した。ことに、——常世が古の華やかな思い出にふけりつつ、何事も邯鄲《かんたん》の一すいの夢という述懐は地謡にまかせて、だまって下に居るあいだの姿は実に美しい。そうかと云って立ちあがってする仕ぐさも又捨てがたい。いざ鎌倉という時は痩せたりといえどもこの馬に乗り、さびたりと云えどもこの長刀をひっさげてさんざんに敵を打破る、――次第にかかってくる地謡に、のらず、そらせず、ひとつひとつおさえてはやっつけてゆくその間の気合いには、仮想の敵、たとえば自分というものさえも、小気味よくやっつけられて胸がすく……。

そうだ、私は胸がすいたのだ。朝から胸につかえていたこのものを、六平太は見事退治してみせた。かたきをとってくれたのだ。そして、「乱」の前にこの白く清々しい能を見たのは仕合せであった。シテも、見物も、舞台も、この私の気持も、「乱」と名づける曲のみにむかって、すべてはととのえられたのである。

「乱」は、猩々《しょうじょう》という海に住む妖精が酒に酔いつつ浪の上に舞うという、正覚坊と、類人猿と、人間と、子供の、その中間にある不思議な能であるが、浪といい、水といい、舞といい、すべて「陶酔」をもって主題とする。自ら酔って人を酔わせるこの曲は、はでといったら又これ程はでな能はない、「鉢木」の白に対するこれは赤と金の乱舞である。

お酒が飲めない私は、せめてお能にでも酔わない事には身体がつづかない。中でもほんとうの陶酔を味わわせる筈のこの能の傑作が一度見たいものとかねがね願っていた。だいたい双之舞にきまっているのだが、二人の舞はよほどの名手が揃わぬかぎり互いに遠慮しあう為にいつもどこかに窮屈な感じがつきまとう。たとえ一人がどれ程上手であろうとも、その一人はいつでも他の為に気をつかうであろうし、他の一人はしじゅうのび上って追いつこうとする事に忙しく、それ故ちっとも酔えないのである。今日は思う存分一人で舞台一杯に舞ってほしいものだ。とは思うものの六郎は舞の人ではない。六郎の芸はつねに凄絶の気をふくむ犯し難い氣品は持つけれど、その繊細な神経がわざわいするのか、その負けじ魂が邪魔するのか、骨の髄までとろかしてしまう様な能には、いまだかつて出合ったためしがない。ぴしり、ぴしり、碁石をおく様に、一つ一つきめてつけてゆくそのあざやかさ、気持よさは、六郎が「型の人」である事をおもわせる。それは、型にはまった、という意味ではない。たとえば蕪村の句にも似た、絵のように鮮明な印象をあたえる、と同時に同じ様なつめたさも持つ。――その芸はどこまでも文学的ではなく絵画なのである。今日も私はその様なものを期待していた。が、その期待はみごとはずれた。

六郎ははじめから人間ではなく妖精だった。陶酔の精、であった。幕があがるや幕はもう其処になかった。其処に見たのは、河の底から水のおもてにゆらゆらと浮び出た一匹の妖精が、身体中で水を切っている姿である。

舞台に入って、と――いうのは浪打際の事なのだが、其処で左右左と扇をつかう。又さゆうさと扇をつかう。

その扇の先から、水がしたたる様なゆたかな美しさが流れ出す。とろとろとろとろ流れ出る。赤は赤でも、これはひとねりもふたねりも練った深い深い朱の色だ。金も金ではなく、火影にみるいぶしのかかった純金だ。

「秋風の、吹けども吹けども、さらに身には寒からじ」とかしらを振ってイヤイヤをする。又、「月星は隈もなき」と、空をあおいでイヤイヤをする。受けとめようとしても四方八方へ飛び散る金と朱のしぶき。

ありあまる事のよさ。ああ、ありあまるこのことのよろしさ。

海面の事とて、足を蹴りあげながら舞うその舞は、波の象徴とでも言うのだろう、生きものの様に妖しげに透きとおった足が、はじめおだやかに、そしてだんだん荒く、――寄せては返す波の線をえがきつつ、そのうねりにのってあちらへ流れ、こちらへ流れ、浪のまにまに浮き沈む。光琳の、……いいえ、これは光悦の浪だ。次第次第に荒くなり高くなって、そうして最後にくずれ、とんとんとろりと水泡の様にくずれ果てて、妖精は自らえがいた浪の底に没してゆく……。幕。

お酒も飲まずに私はしんから底からよっぱらった、ぐでんぐでんになるとはおそらくこんな気持だろう。けたたましい省線の警笛もただ蘆の笛とのみ。電車のひびきもただ浪の音としか聞こえない。

停車場についてどうして降りたか更におぼえはない。が、空には月がかがやいていた。潯陽《じんよう》の江ならぬささやかな小川にそう野中の一本道をたった一人で行く事も少しも淋しいとは思えない。ほてった顔に師走の夜風はつめたく、心地よく……空をあおいでは、「月星は隈もなき」朱と金の酒に酔った。思わずあの妖精のした様に私は頭を振った。そして初めて気がついた。あの頭を振るのは、水を切るのでもなく、否定をあらわすでもなく、ただこれ満足を表現する大きな肯定の意味であると。そして、「すべてはいい」、「すべてはいい」と思いつづけた。――あたしはほんとうに幸福だった。

近衛さんもよかった。立派に死んだ。近衛さんというよりも、最後の貴族の死に際が気に入った。貴族なんてもの、ほんとうはとっくの昔にないものだ。名ばかりの、――あれはショウ・ウィンドウにぶらさがっている着物みたいに中身がない。……歩きながら、私は遠い昔の貴族達の冥福を祈った。曰く世阿弥、曰く芭蕉、曰く利休、推古の仏像天平のうた、はては遠いギリシャの彫刻に至るまで、誇り高い過去のすべての立派なものに今日のお能はまことにふさわしい手向けの花であると思った。

わずかひと時で永久に消えてなくなる能の芸術は果《は》かないこの世のまぼろしである。一日の終りの如く静かな、そして夕焼の如く華やかなこの芸術もいつかは滅びるにちがいない。しかし、いたずらに去るものは追うまい。お能が、あさくひろくうすく地球の表面に印刷されてゆく望みなど私は断じて持たない。ねがわくは、

この真に貴族的なるものよ、たった一人で行け。私達地上のものには目もくれず、天をあおいで一人で行け。

落日のようにおごそかに、

落花のようにうつくしく。

（「三田文學」復活第五号、一九四六年）

お嬢様気質——私の学校友達華頂夫人について

斜陽族は離婚がお好き

最近何日かにわたって新聞を賑わした記事の一つに、華頂元侯爵夫妻の離婚という事件がありました。

とりたてて珍しい問題というのではありませんけれども、戦後ひんぱんに起った斜陽族の離婚の中でも、これは元宮様というだけに、ニュースヴァリューがあったものと見えます。しかし私にとっては単にそれだけの理由ではなく、もっと心をつくものがありました。何故なら、華頂夫人と私は、学校時代同級生で、しかもかなり親しくつき合って頂いていたからです。

もっともそれは昔の話で、この頃ではたまにクラス会などでお目にかかるくらいでしたから、最近どの様な生活をしていられたか、くわしく知る由もないのですが、その御性格を知りぬいているだけに、今度の事は意外であるばかりでなく、「斜陽族は離婚がお好き」とどこかにも書かれた様に、実際私たち学習院の同窓生の中に、大した理由もなしにやたらに別れ話が多いというのは、長年生活をともにした者にとって、単なる風潮として見逃すわけには行かないものがあります。

と云っても、私は道徳的に批判するというのではありません。一つの現象としてとりあげるのではなく、もっと原因をつきとめてみたいのです。結局それは「世間見ずのお嬢さまだから」の一語につきますが、そんな事は理由にも言いわけにもならないと思います。「お嬢さま」だから許されるのも、許さぬというのも、ともにおかしな話で、生れとか育ちというものはどうにもならぬものですから、お嬢様はお嬢様なりに、何故「女」であってはいけないのか、何故一人の「人間」として扱って貰えないのか。……それがいつも「お嬢さま」のひと言であっさり片付けられてしまうのは、やはり私達の至らなさであると思えば、怨みの持って行き場に困ります。

ドストエフスキイもバルザックも、貴族やその令嬢達を見事に描いてみせましたが、一つとして日本のお嬢様みたいなものはありません。みなそれなりに、一人の人間として立派です。美しくて、我儘で、向う見ずで、自尊心が強くて、お嬢様の資格は充分備えていながら、しかも完全に一本立ちの人間であるがゆえに立派なのです。それを全部作者の偉さに帰するわけに行かない証拠には、日本の小説家は一つとして、ほんとうの貴族を書いては居りません。彼等は現実のモデルなんか必要としなかったでありましょうが、そういう人間が存在せぬかぎり、小説が出来上る筈はないのです。谷崎さんの『細雪』が、私のいう上流階級を書いていないのはいうまでもありませんが、斜陽族の名の生みの親である所の、太宰さんの小説さえ、芸術的にはいいものでありましょうが、私達の知る貴族とは似ても似つかぬ世界のことです。

してみると日本の貴族の女性は、まだ小説の材料にさえなれない、それ程幽霊じみた存在なのでしょうか。王朝時代には確かに生きていましたけれど、長いこと深窓の奥に仮死の状態でねむっていた。それが今度の戦争でいきなり外に投げだされた。死んでしまったのもあるし目のさめたのも居る。華頂夫人は、正にその象徴と見ることが出来るかと思います。

世間知らずの「華様」

華様、と私たちはこの閑院宮の姫君をお呼びしていました。秩父宮の妃殿下の、当時の勢津子さんと私は、よくお休みなどにお招きを受けました。その後私はアメリカに行き、すぐ又妃殿下も大使の令嬢として渡米されたので、それが御縁で私達の仲はつづきましたが、華様とは次第に何という事もなく疎遠になってしまいました。

いくら宮様でも子供は子供です。私達はごくふつうの子供なみに無邪気に遊んだものですが、一つや二つ、その頃の生々しい記憶があってもいいと思うのに、今思い出してみるとそれがありません。面白くもおかしくもない。——しいて言えばそれだけで、御殿の模様や華様のお召しの柄などが鮮明に思い出されるわりには、懐しいとも楽しいとも、口惜しいとも悲しいとも、まして喧嘩や口論の場面など、一つとして印象に残らないのは、それが子供時代の事であってみれば尚更のこと、不思議な事に思われます。

たぶんそんな風だったので、長続きしなかったものと見えます。子供なりに、私にも遠慮がありました。学校ではむろん特別扱いで、あまり小さな頃はそれがはっきり呑みこめませんでしたが、ただ、「宮様だから仕様がない」と、何が何だか解らないなりに、何につけそんな風に思いこみ、教えこまれてもいたのです。したがって、遊びにも身が入らなかったのは当然で、いつでも「お相手」であり、「お付合い」である以上、自他ともに面白い筈がありません。それは丁度、私たちが「華族だから仕方がない」と世間の人に思われていたのと同じことです。

華様はそういう雰囲気の中でお育ちになったのです。御夫君の華頂氏にしても同様でしょう。それは人間として、何という不幸な、哀れむべき境遇でありましょうか。私達にはまだしも、少しは外の空気に触れる機会が恵まれていましたが、宮様にとっては、いくら広くても御殿の中と、自動車と、学校。それが生活の全部だったのです。それだけに、広い世間へのあこがれも強く、殊にこういう時代になってみれば、「世間知らず」という事に、人より以上のひけ目もお感じになることでしょう。まったく「人並」になりたいばかりに、華様はこの様な行動に出られた。私にはそうより他思えません。

私には意外な「性格の相違」

新聞は最初に、大きな見出しでこのお二人の唐突な離婚を報じましたが、文面が長いわりに理由はひどく簡単でした。

「自分達が別れるのは、よく考えた上の事で、理由は二人の性格の相違による。華子は社交好きなはでな女、自分は学究的な地味な性格で、こんな正反対の夫婦はお互いに不幸になるばかりとさとったからである、云々」と、華頂氏の談話は、大体そういった様な意味でした。

誰が読んでもこれだけでは、「性格が違う」というだけで、二十年もの結婚生活が、しかもお子さんまであるというのに、そう簡単に破れるものだろうか、といぶかしく思う筈です。が、知人の私がもっと変に思ったのは、性格が違うどころか、世の中にこれ程お似合いの夫婦は又とない、と思いこんでいたからです。

ついこの春でしたか、まだうすら寒い頃、華頂家でクラス会がありました。めずらしく私も出席したのですが、その日は何でも鶏のひよこが孵《かえ》る日に当るとかで、華様は大変お忙しそうでした。あとで問題になったダンス場で、私達の集りはあったのですが、そこへもあまり顔を出されず、鶏の世話で手一杯という御様子で、私達は忘れられた形でしたが、それも結構。お客も忘れる程家事に御熱心なのは何よりと、私達はほんの少し皮肉をまじえた笑顔で「相変らず幸福らしいわね」と話しあったことでした。

それは、幸福とまで行かずとも、極めて仕合せな一生を約束された御生活ぶりに見えました。華頂さんと華様。このお二人はダンスがお好きで、よく一緒に踊っていられるのを見て、心ない私達は同じ様な皮肉な笑をうかべたものです。何が面白いのかと思われる程、お二人とも大真面目な顔で、一二三、一二三と、まるでつまらなそうに踊っていらっしゃる。朝から晩まで、一二三。それはそのままこのお二人の夫婦生活を表している様に見えました。よく云えば御品がよくておしとやか、悪く云えば、味もそっけもない、つまらない方達。そう思っていましたし、それは間違いではなかったと思います。

そこへ突然このニュース。驚くのも無理はありません。しかも理由が「性格の相違」となっては、いかにも他人の生活は外からでは解らない、と思わないわけには行きません。外から見れば似たもの夫婦でも、当人にとってはまるで正反対という場合はよくあるものです。また十人十色というからは、いくら同じ様でも、みんな違う筈ですし、なまじっか似ている為に、反って衝突する場合もあります。

華頂さんは「性格の相違」をタテにとっていらっしゃるが、かりにそれが事実としても、そんな事が今頃初めて解るというのは、いくら宮様でも少しおかしい。いつのまに華頂さんはダンスがお嫌いになったのだろう。それにしても、家事が嫌いで、社交好きといわれる夫人が、お客を捨ておいてまで鶏の世話をなさるとは……。

幸福につけこむ柔面の鬼

はたして、数日を経て次の様な記事がのりました。今度は華様のお兄君の、閑院春仁氏の手記です。

「この頃の離婚は皆幸福を求めてのことに違いないが、結果として反対の場合が多い……現在の世評はとかく離婚を讃美するが、自分は離婚とはそんな美しいものではなく、もっともっと醜い、冷厳な、しかして不幸なものであると思う……これまで純真であり、幸福であった者ほどその逆転は大きい。そこにつけこむ〝柔面の鬼〟は多い」。

要約すると以上の様な意味で、それには妹君を思われる一途な真情と、それから社会に対する正義感があふれており、文章としても簡潔でにごりがありません。それだけに、一見冷静そのもののこの手記の中に、ひと方ならぬ憤りが感じられます。世間へ対する……いや、「柔面の鬼」に向って、この一文がなされたに違いないことは一目瞭然でありました。

手記につづいて新聞は半面をさき、ことの真相をあかるみにさらそうと試みています。ここに初めて華様の相手として、Tという人物が登場しました。真相は私にとって興味がないので省略しますが、このT氏というのもつい先頃まで私より一級下の人の御主人であった為、ぜんぜん知らないというわけではなく、それが又私を驚かせたのですが、離婚の真の原因ともいうべき、その愛人の言というものには、ほとほとあきれるばかりでした。「私には責任はない。華子夫人に愛情はあった。しかし結婚するという前提でおつきあいしたわけではなく、おそらく華子夫人も同じ気持だろうと思う。華子夫人から、将来どうしたらよかろうと相談があったが、マアよくお考えになったらどうですか」と申上げたとか。かりにも「愛情」があるという人が、「マアよくお考えになったら……」などと、まるで赤の他人の様な口がきけるものだろうか。閑院氏がお怒りになるのは当然です。華様も、どんなにか落胆なさったことでしょう。

それにひきかえ、この手記につづいて翌日（？）の新聞に出た、華頂氏の態度には、いかにも静かな思いやりが流れ、失礼ながら思ったよりよほど理解のある、立派なものにみえました。何もかもぶちまけて、世の批判に問う、という謙譲なお気持は、ただのつまらない人だと思っていたのが、恥かしくなります。

どうして二十年間もつれそいながら、華様にはそれがお解りにならなかったのでしょうか。成程華頂氏は、華様が望まれる様に「情熱的」でもなければ、特に面白い方でもなさそうです。が、夫婦というものは、二十年も三十年も同じ顔をつきあわせるのであってみれば、どのみちそう面白い筈はありません。ふつうの男の人に女が中々理解できぬ様に、男の中には、女の知らぬいろいろのおもいが秘められているものですが、こんな事になる前に、何故おとなしい御主人の胸のうちを、もっと奥深くさぐってみようとなさらなかったか、私はそれが残念でなりません。

無意識の中の不安は?

ある週刊雑誌に、華様は御自分の心境を語っていられます。

「……女心というものは微妙なものでして、余り冷静な態度で扱われますと、ほんとうに悲しくなりますのね。なにを考えていらっしゃるのと、胸をつかんで叩いてみたい様な衝動にかられることさえございます。ことに私の様な情熱的な女は、あまり静かすぎる眼でみつめていられるとたまらなくなります」と。

華様だけではありません。女に生れてこの様なおもいを味わわなかったものは一人もないでしょう。そういう点で昔の女は、無智ではあったか知れませんが、一種のあきらめを持ち、男の心は解らないものときめて、それ以上を望みませんでした。そしてもっと幸福でした。いつも、多くを望む所に、不幸は生れて来るものの様です。

ところで華様は御自分のことを、「情熱的な女」と仰しゃいますけれど、私は、あなたを情熱的であるとは一度も思ったことがございません。いつもおだやかで、いつも一糸乱れぬ華様は、むろん人は外観だけで解るものではありませんけれども、御自分ではそう思いこんで居られても、少くとも私達の考える情熱的な女性でないことは、三十年のおつき合いで誰しも承知していることです。「胸を叩いてみたい」のは、他ならぬあなたの事で、もしかするとそういう御自分の姿を、はからずも御主人の中にごらんになったのではないでしょうか。私にはそんな風に思われます。

――華様は無意識の中に自分自身に不満を感じられた。が、自分ではそれが何処から来るものかお解りにならない。どこかに足りないものがある、何かしら世の中にはもっともっと知らねばならぬ事があるらしい……その結果が××婦人会への熱心なお仕事となった様です。かたわらダンスという都合のよいものもありました。ついでの事に申しますと、華頂氏も閑院氏も御自分も、天性社交好きと考えていられる様ですが、これも又宮様の範囲内のことで、世間なみの所謂《いわゆる》社交家というのとはわけが違います。私なんぞと比べても、華様ははるかに家庭的な婦人で、むしろ社交的手腕などまったく持合せない、宮様にふさわしいいい奥様なのです。人の見た自分と、自分の考えるものとはこうも違うのか、と思えば全く人ごとではない心地がします。

華様はある一つの理想を夢みて、ただそれだけの為に、つとめて「社交的」になられたのではないでしょうか。愛人もその一つです。この場合、婦人会とダンスと愛人は、まったく同じものであった様に思われます。すなわちもっと自由な、もっと美しい生活へのあこがれ。その気持には少しの偽りもなく悪気もなく、だから華様は依然として純真そのものです。その点過失を犯そうと失敗しようと、卑下なさる必要はいささかもないと信じます。

ボヴァリイ夫人の生きうつし

私はこのお友達の上に思いを及ぼしながら「ボヴァリイ夫人」に何とよく似ていることか、と実は今感心しているところなのです。

むろん華様は、何人も男から男へはしったわけではなく、自殺なさる必要もないのですが（これは後で書きます）、平凡な生活に倦怠をおぼえた事、お人好しの夫に幻滅を感じた事、世間見ずな事、悪気のない我儘など、一応もっともらしい事はおっしゃるが「一度も喧嘩した事がない」ことに不満を持たれるなんて何という罪のない文句でありましょう。そういう風な無邪気さも、夢の様な理想にあこがれることも、それがうまく行かないことも、すべてエンマ・ボヴァリイに生きうつしです。

片田舎の都会における、何もかも平凡な一事件……今正に日本はそういう時代に直面しているのでしょうか。それともこれは没落階級に限るのでしょうか。何れにしろ華様ばかりでなく、他にもいくたのエンマを私のまわりに数える事が出来ます。彼等は皆、そして華様も決して馬鹿ではありません。しかし、エンマも馬鹿ではありませんでした。教養も趣味も感受性も、すべて人並以上にあったのです。それにも拘わらず、何か一つダンゼン欠けた所がある。それを真の情熱というか、聡明さというか、創造力というか、私は知りません。が、その何れにも相当する、何か物をつくりあげて行く、その原動力ともいうべきものです。

「結婚というものは為されたものでは決してなく、毎朝やり直さなければならないものである」。

アランを語る文章の中でアンドレ・モロアは言っています。まことにそうしたものです。この努力を怠るところに、なべて「生活」と名づけるものはありますまい。しかし妻がそう思っても夫が協力しないことには――と華様はおっしゃるかも知れません。が、何か一つの物をつくりあげる情熱とか、創造力とかいうものは、いつもひと方ならぬ忍耐をしいるものです。「毎朝やり直す」のは、人の事じゃなく、自分がです。協力とは、人に待つのではなく、先ず何はともあれ自分がやってみて初めて成立つものではないでしょうか。ことに華頂氏夫妻の場合は、離縁することによって、せめて一人が幸福になるならまだしものこと、両方とも不幸になられるのではないかと心配します。お二人とも十二分に研究したと言われますが、何かしらそこには積極的な努力が足りない様に思うのは私だけでありましょうか。この場合、必要なのは何事でもやってみる、「実行力」ではなかったでしょうか。

どちらが冷たい人間？

夫に愛想をつかしたエンマは、次々と愛人を求め、その為にとめどなく転々として、ついに自殺するはめにおちいりました。幸い華様は――というのは変な言い方ですが、俗な言葉で云えば、現場を押えられて、いきおい離縁せざるを得なくなり、その上愛人には振られた為、エンマのとめどなさにひきかえて、これではいやでも一応ピリオドを打たれたかたちです。この打撃はおそらく他人の想像をゆるさぬもので、御察しするにあまりありますが、華様にとっては、却ってお仕合せだったのではないかと秘かに私は思いたくなります。

もしT氏と結婚なさっても、あんな風な態度では、必ず理想通りに行かないことは見えすいています。もしそんな場合は、前にもまして不満をお感じになることでしょう。この度お受けになった痛手は、実に得がたいものです。この経験を、単なる経験として済ませずに、ここで生れかわって頂きたい。ほんとうの「女」になって頂きたい。私は衷心からこの復活を望んで止みません。

華頂氏は、思いもかけず深夜のダンス場で、あられもないシーンに直面して、激怒のあまり我を忘れて相手の男を（指をけがなさる程）、さんざんになぐりつけたということです。これは、何の感情もない、ひややかな男というのといささか違いやしませんでしょうか？ かりに日常そうであったとしても、恥も外聞もふりすてて、「宮様」がこの様な行動に出られるとは、前代未聞の出来事です。これほどの怒りを目のあたり見せつけられたら、それすなわち自分への愛情の表れに他ならないのですから、大抵の女ならその場で首ッ玉にかじりついちゃったでしょうに。

華様はその時も冷静そのものにひかえて居られたといいます。むろん新聞や人づてに聞いただけでは、そのお気持は解りません。しかし、冷ややかな筈の夫がこの様に取乱し、宮様にあるまじき暴力をふるうのを御覧になって、もし何ともお感じにならないのならば、……また何をか言わんやです。

その上、もし華様が御自分の非をおみとめになるなら許したい、とまであきらかに希望されているのを、それをも無視されたと聞きます。どちらが、冷たい人間でありましょうか？ そうなるとますます解らなくなります。

しかし私の想像では、この様な渦中にあって、おそらく華様は前後を忘れられたのであろうと思います。そう私は信じたいのです。そしてもしそうとすれば、この様な態度は、単なるふてくされにすぎません。女というものは、一大事にあたって、どの様にも図々しくなれるものです。特に宮様は、見物人を前にして立派な役者の素質をお持ちです。が、この場合にかぎり、それはあんまりお褒めしたことではございませんよ。

嵐のすぎ去った今日、静かにふり返って、もう一度お考えになることを私は切におすすめします。そして慾を云えば、きれいさっぱり謝って、御主人のもとにお戻りになってはいかがなものでしょう。華様の外へ向ったあこがれが、実は御主人への愛情の延長でなかったと誰が言えましょう。私達は、愛する人に、もっと立派にもっと男らしく、あってほしいのです。ああナンテ女は慾ばりなんでしょう。

夢未ださめ切らず

華様、私はしかしあなたをせめて居るのではございません。私たちみんなが、一人前の人間に生れかわる為に、どうしても一度は通りぬけねばならぬ、これは苦しい産道であると思います。もし今までの宮様でしたら、生れもせずに終ってしまった所でしょう。相手が何であれ「不満」をお感じになったことを、私はほんとうに心からお喜びしているのです。けれども、所々でふれるあなたのお言葉には、「夢は未ださめ切れぬ」感があります。それは美しい夢ですが、少しも現実的ではありません。無理もない。人はそう言うかも知れませんが、私は、——私はそれが辛いのです。そう言って済まされることが。

私は犠牲をしいるのではありません。盲従をすすめるのでもございません。自分自身を知るということ。十九世紀のエンマに不可能であったこの事を、獲得して頂きたいのです。「身の程を知る」消極的な態度とこれは違います。今さらおめおめ帰れるか、とお考えになるとしたら、それは自尊心じゃなくて、単なる強情にすぎないと申上げたいんです。

人間は、機さえ熟せば一夜にして成長をとげるものと私は確信します。二十年、いや四十年の「失われた時」を奪還なさるには、今こそチャンスではありませんか。人間として生きる幸福を求める為には、必ずしも元へ戻ってやり直す必要をみとめませんけれど、又必ずしも他に求めることもないと思います。

私は一友人として、自分の勝手な希望をのべたにすぎませんが、一つの方法として、復帰なさることを考えるのは、華様の自由を束縛するものではないと信じます。華頂氏も、おそらく元の華頂氏ではありますまい（そんな気がします）。あの方の欠点は、冷やかでも内気な性分でもなく、単に「ぶきっちょ」であるにすぎません。実に得がたきぶきっちょさです。もう少し世なれた男なら、もう少し女を扱うすべを心得ていたでしょうに。

アンナ・カレニナは恋人を持って、初めて夫の不恰好な耳に気がつきました。華様も愛人を得て、はじめて御主人のつまらなさにお気づきになったのではないでしょうか。要するに、すべては「耳」の問題にすぎません。やがては恋人の鼻か口が気になる時も参りましょう……。

とは云え、どうにも我慢ならない時があるというのは、人間というものは、ナンテ厄介な生きものでしょう。中でも「お嬢様」という動物は、最もこらえ性がなく、最も勇敢にいろんな事を仕出かすものの様です。だから私も、こんな事が書きたくなったのかも知れません……華様、どうぞおゆるし下さい。

（文藝春秋　秋の増刊「秋燈読本」一九五一年。入朱有）

『無常といふ事』を読んで

君が歌の清き姿はまんまんとみどり湛ふる海の底の玉　――子規

いつか小林さんが家に遊びにみえた時、たまたま話は陶器の上に及び、「せとものは暗闇の中で触ってもすぐ解る、解る様にならなければウソだ」と、亡くなった白洲の父がしじゅう言っていた、その事をお話しすると、小林さんはわが意を得たりとばかりに、あたかも其処のその手の上にせとものを持ってでもいるかの様な仕草をしながら、「そうなんだ、ほんとうにそうなんだ、せとものはそういう風にして解るものなのだ」と同感して下さった。まるでその触感を今たのしんでいるとでもいった様な口調で。

『無常といふ事』を読んで私はそんな事を思い出した。いや、思い出したのではない、その本は私にとってまさに「せともの」であったのだ。手に触れるものであった。陶器の鑑賞に、結局は眼を必要としなくなる様に、私はこの本から、「読む」という事の秘密を教えて貰った様な気がする。それは同時に「書く」という事でもあるに違いないのだろうが。

感想はおろか、批評めいた考えなど思いもよらぬこと。文字通り私はのめりこんで読みふけった。のめりこんで読むタチの書物ではない、とある人々は言うかも知れない。小林さん自身でさえ苦笑なさるかも知れない。しかし、ほんとうに陶酔出来るものには、いいとか悪いとか、好きとか嫌いとかいう感情はまじらないのではないか、そんな余地はないのではないかしら。とも角も、そうして私は我を忘れてひとつの物に陶酔する事の幸福を久しぶりに味わう事を得た。折も折、丸岡さんから『無常といふ事』についての感想をと言って来られたので、私はつい夢心地で引受けてしまった。引受けて、後で後悔した。この本が難しいからではない。それどころか、私には解りすぎる位解った、――とそう言い切る事に私は何の躊躇も感じない。はにかんでみせる必要もみとめない。解りすぎて、そうして私には、何も言う事はないのである。

何も言う事はない。ようするに、

皆あの美しい人形の周りをうろつく事が出来ただけなのだ。あの慎重に工夫された仮面の内側に這入り込む事は出来なかつたのだ。世阿弥の「花」は秘められてゐる、確かに。

たしかに、小林さんのこの言葉は、小林さん自身の著書についても言える事なのだ。結局私に解ったのは、よく解ったのは、『無常といふ事』の中にある、「秘められた美」以外の何物でもない。しかも、そのものは、とっくの昔にこの私が知っていた事なのだ。何も新しい事ではない。

が、いったい教わるとか習うとかいうのは、外から来るものではないだろう。いつも自分の中に既にあるものをひきだす、……そのひきだす力にこの本はあふれている。だから、どんなに一字一句喰いこむ様にして読んだところで、一つとして私の知識がふえたわけではない。いくらでも上塗が出来るその様なもの、始めから私は信用しなかった。そうかと云って、「仮面を脱げ、素面を見よ」といった調子の、まるで病人が息苦しいあまりに寝巻の襟をむしりとってはだけてしまうといった様な狂態、現代の露骨な裸の趣味にも、ちっとも興味は持てなかった。有難い事には、この本にはその両方ともなかった。あったものは、魂をそのまま形にした様な言葉。みたものは、きちんと着物を着こんで、おまけにお面までかぶって知らん顔している小林さんという人の、どっしり居据ってテコでも動かないといった様な、不動の人間の姿であった。それはどうにも仕様のない感じがした。何の事はない、『無常といふ事』は、終始一貫、「つねなるもの」の事しか語ってはいないのである。

「あの慎重に工夫された仮面」、その仮面を、小林さんは世阿弥からひったくって見事自分でかぶってみせた、――それが『無常といふ事』である。「当麻《たいま》」では、万三郎にかわって能舞台の上で舞ってみせる。そこには、「美しい『花』がある。『花』の美しさといふ様なものはない」のである。私は「当麻」を読んで、うれしさのあまり、「これはまさにお能の顔をしてるよ」と叫びたくなった。うわっつらを撫でたりさすったりしている様な批評や研究と称するものが多い中に、これは又何という、「美しい花」である事か。しかし、こんな事は言うだけ野暮であるに違いない。

「物数を極めて、工夫を尽して後、花の失せぬところを知るべし」。そんな「花」の事、考えてみるだけ馬鹿馬鹿しい。そこで小林さんは、万三郎など見もしないで、「当麻」の能の事など書きもしないで、自ら能を舞ってしまった。もはや万三郎とも「当麻」とも何の関係もない、それは「花」である。そのお能の「花」だとて、世阿弥もついに「花とて別にはなきものなり」と言って匙をなげた筈だ。いつも。「解釈を拒絶して動じない物だけが美しいのである」。――『無常といふ事』は、たしかにすき通っている。

不勉強な私は、文学の事などてんで解らない。かろうじて解るのはお能だけである。人生それだけしか知らないと言っていい。そのお能をみる様に、私は本を読む。絵や彫刻をみる。だからすべては独断になるがそれも仕方ない。さいわいこの本は「当麻」においてはじまった。しかし、「当麻」ばかりでなく、西行も実朝も、「無常といふ事」のなま女房も、兼好法師も、もし世阿弥が舞台の上にのぼせたならば必ず寸分違わぬ「形」を持っていたに相違ない事をおもわせた。だから私にはよくのみこめた。まるでたべる様にして味わう事が出来た。それ程『無常といふ事』ははっきりして居、同時につかみ所がない、ちょうど夢の様な能のシテがそうである様に。

仮面というものは勿論一種の逆説である。人間という動物の濁った表情をかくしてしまうという、思ったより以上に人工的な存在である。それは「人間」を完全に殺してしまう。己れを虚しくする為の一つの手段であるとさえ言える。いわば仮面を用いる事によって、自ら歴史的人物となる事が可能になるのである。小林さんのいわゆる「仮面」も、そんな所にあるのではないかと思う。

歴史には死人だけしか現れて来ない。従つて退つ引きならぬ人間の相しか現れぬし、動じない美しい形しか現れぬ。思ひ出となればみんな美しく見えるとよく言ふが、その意味をみんなが間違へてゐる。僕等が過去を飾り勝ちなのではない。過去の方で僕等に余計な思ひをさせないだけなのである。

能面はたしかにそういう目的の為につくられている。小林さんの仮面も、ただの仮面であってはならないのだ。私達に余計なおもいをさせないだけの、最小限度の単純さと、正確さと、わざと鈍刀をもって彫られたかの如き表情を持っていなくてはいけない。そういう面をかぶった『無常といふ事』は、私にとって一つの歴史であった。文字も作者もその後ろにかくれてしまった。一つのすき通った、私自身の思い出であった。

はじめ私は夢中になって、鉛筆でグイグイ線をひきながら読んで行った。が、そうしているうちに、私にははっきり解った。「言葉」というものの意味が。私は、始めから終まで、全部にアンダラインしないかぎりとても満足のゆきそうのない事をさとった。それ程一字一句もゆるがせにならない文学の言葉というもの。それを前にして、私は、否でも応でもぼんやりした顔で読むわけにはいかなくなった。「音と形との単純な執拗な流れに僕は次第に説得され征服されて行く様に思へた」お能のそれとまったく同じ気持であった。一足にも息をつめ、動きが少くなればなる程苦しくなる。はてはのっぴきならぬ片隅におしつめられた鼠みたように、まったく動きがとれなくなって、そのままの状態で硬直する。陶酔する。が、鼠にとって、動けなくなったその瞬間こそ、生涯で一番はっきりと、目ざめた生きている事を自覚する瞬間ではないだろうか。

私は何度も病気で死にかけたが、生死のさかい目というきわどいひととき程、「生きている」事を感じたことはない。意識は不明で、むしろいい気持だった。が、そんな事は、自他ともに、決してあてになるものではない。私は、何一つミスしなかった。そういう時にあたって、カラブリは不可能なのである。針の落ちる音でも聞えるというその譬《たと》えどおり、どんな遠くの物音でも筒抜けに聞える。どんなに危険な状態にあるかは、お医者の内緒話を待つまでもなく、誰よりもよく心得ている。それでいて、少しも恐ろしくはなく、世の中に恐ろしい物は一つとして無く、文字どおり肉身は仮の姿である事をはっきりと見極める。はっきりと、まるで今起きたばかりの爽かな、さめきった気持をもって。何が。頭でも手足でもない、このわたしというものが。

――そういう危げな形で、私はお能に耽溺《たんでき》する。『無常といふ事』も、同じ浪の中に私をさらって行った。溺れながら、……溺れながらでなくては、ぼんやりした私には解らないのだ。その浪を乗越えてゆく力を持たぬ事を、私は恥としない、それははるかにこの私よりも美しいものだから。暗闇の陶器の触感。

「肉体の動きに則つて観念の動きを修正するがいい、前者の動きは後者の動きより遥かに微妙で深淵だから、彼はさう言つてゐるのだ」。彼とは、言うまでもなく小林さんである。世阿弥でもある。此処には綜合芸術がある。頭と身体の完全な一致。それは非常に見事な彫刻をおもわせた。更に、それには、最近読んだヴァレリィの、『地中海の感興』の一文を、眼前に彷彿とさせるものがある。

それは、地中海をめぐる、海とか太陽とか匂いとか、光とか泳ぎなどから次第に醗酵してゆく、印象から思想への鮮やかな生い立ちの記であるが、『無常といふ事』には丁度それと同じ美しさがある。それには評論にありがちのあの冷い、いわば読者をおさえつけて一歩も近よらせないと云った様なひややかな眼を感じられない。もしそれが客観と名づけるものなら私はそんな物は嫌いだ。小林さんの眼は、透明であっても冷たくはない。その鋭い言葉は、歯切れはよくとも、決して人をつきささない。まるで散歩にでも誘う様に知らず知らず何処へか連れてゆく、ただついて行きさえすればそれでいいのだ。たとえば「無常といふ事」の一篇は、青葉の光にみちみちた初夏のたのしい散歩である。青葉が太陽に光るのやら、石垣の苔のつき工合やらを、小林さんの背後から見ているうちに、いきなりぽっかりと自分自身を、常ならぬこの世の外に見出す。そして、其処に、私達は見る。鎌倉時代、歴史、人間、あるいは又生きて居る事をはっきりと感じる。何でもいい、ただ、押してもついてもどうにもならぬ物にいきなりつきあたる。「平家物語」では、それは、小宰相の涙とともに流れ去った様々の迷いのはてにある「月影」であった。

「常に在り、而も彼女の一度も見た事もない様な自然が」この私の目の前に忽然として現れる。お能から、肉体的に私が知ったそのものを、私は、其処に、はっきりとつかむ。

「知は是れ妄覚、不知は是れ無記」。小林さんはその中間に立って、無常を説きつつ、常を語る。おそらく、素晴らしい事を感じる力は誰にでもあるに違いない、この私にすらそれはある。それを、これ程はっきりと「形」に現してみせるものはない。その形が、その言葉という形が、うたがいもない作者の「肉体」であればこそ、愚かな私の目にもすぐそれと知れる。それは又、考えるという事のたのしさを、考えるという事の順序を、非常に親切に、説きあかしてくれるのでもあった。

「梅若の舞台で、万三郎の当麻を見た。僕は、星が輝き、雪が消え残つた夜道を歩いてゐた」に始まる「当麻」は、この様な言葉をもって終る。

「僕は、星を見たり雪を見たりして夜道を歩いた。ああ、去年の雪何処にありや、いや、いや、そんな処に落ちこんではいけない。僕は、再び星を眺め、雪を眺めた」。もし、私が一人でおかれたなら、去年の雪何処にありや、何処にありや、そのままずるずるべったり終るおそれが多分にある。それ程たよりない、無常さながらのなま女房であるのだ。それを小林さんは救って下さる。自殺する事から。ついて行きさえすればいい、と言ったのはそんな意味である。安心してついて行けるというその事が、安心して私を本の中に溺れさせる所以でもある。

私は、極く僅かの作家のほか、小説というものをあまり読まない。読まないというよりも嫌いなのだ。と云ったら、叱られるかも知れないけれども。言うまでもなく小説には、「人間」が書いてある筈だ。それが嫌いだというのは、自分が人間として、少々片輪なのではないかしら、と人知れず気にかかる折もあった。もしかすると、あんまり子供の時からお能ばかり見ている中に、私自身幽霊じみてきて、とても此世の人々とつき合う事のかたい身ではないか、などと思ってもみた。殊に、右往左往する人間の、こまかい心理描写とかいうむつかしい物の中には、しばしば、堪えられないという気持がした。そういう事を漠然と、しかし身にしみて感じていたのだが、その気がかりはすべて、この本を読んでゆくうちに綺麗さっぱり消え失せた。私に安心を与えたその鍵は、次の様な言葉の中にあったのである。

生きてゐる人間などといふものは、どうにも仕方のない代物だな。……其処へゆくと死んでしまつた人間といふものは大したものだ。何故、ああはつきりとしつかりとして来るんだらう。まさに人間の形をしてゐるよ。してみると、生きてゐる人間とは、人間になりつつある一種の動物かな。

この本を読んだ人なら、誰でも気がつくに違いない、これは、向うから目の中に飛びこんで来るといった様な、きわ立った言葉である。が、私には、別の意味で有難い言葉ではあった。それは、人間という動物をみつめるのに、何の心配もいらないという安心を与えたから。同時に、自ら鑑賞にも観察にも堪えないままに、あきらめつつも満足して生きてゆけることの……。

勿論小林さんは、「古典へ還れ」とかいう甘い事を実行してみせたわけではない。「古人の跡をもとめず、古人の求めたるところを求めよ」とは、誰か昔の偉い坊さんが言った様に記憶するが、「社会の進歩を黙殺し得る」そういう事をしてみせただけである。相手は誰だって、何だっていいのだ。「当麻」では世阿弥であり、「徒然草」では兼好であった。「物が見えすぎ、物が解り過ぎる辛さ」は兼好の辛さであり、作者の苦しさでもある。いえいえ、こんな事を言うのは止そう。私が言いたかったのはそんな事ではない。この中にひかれた多くの古い言葉、古い歌、それ等がどんなにこの文章の中にとけ入り、まじり合い、殆ど区別のつかないまでに融合しあっている事だろう。それ等は古の物ではなく、借り来《きた》った物でもなく、まったく小林さん自身の、心の奥からほとばしる肺腑の言であるのだ。私はこれ程見事な引用という物を見た事がない。

七百年前に生きていた実朝は、まさしく一人の生きた人間である。暗闇のせとものではない。それにはたとえば、

大海の磯もとどろによする波われてくだけてさけて散るかも

といった様な複雑さがある。ここでも著者は実朝になっている。いつでもそうである様に、ワキでも見物でもない。シテなのだ。そのシテは、複雑な動作はしてみせはするだろうが、決して分析に終るわけではない。どこまでも「僕は、実朝といふ一思想を追ひ求めてゐるので、何も実朝といふ物品を観察してゐるわけではない」という態度でもって、しじゅうたった一つの物しかみつめては居ないのである。話はまことに単純だ。せとものは、手で触れなくても、見ているだけでやっぱり触れているのだ、そういう事を言っているのである。色々の角度から。透明な秋の空が、様々な夕焼の色を映す様に。

西行と実朝は似ていると言う。しかし、その二人だけではない、世阿弥と西行、兼好と実朝、まるで似ても似つかぬ人間がみんな一つの物につながっている。私には、何故この本が『無常といふ事』と名づけられたか解る様な気がする。どの絲も細い、しかし強靭なハリをもって、作者

の心ひとつに集っている。……それにしても批評家というものは、まるで綱渡りの様に、何というあぶない芸当をしてみせるものだろう。主義にかたよるでなく、思想にこだわるでなく、観念的でもなく、心理的にでもなく。人間を評するにしても、その性格でもなく、概念でもなく。よるべなき海人の小舟。何一つ、めでたしめでたしと解決のつくものはない、……今更そんな事に感心する私は、よっぽど間抜けかも知れない。しかし『無常といふ事』によって、たしかに私は、「紛るる方なく、唯独り在る、幸福並びに不幸を」垣間見た。

心の紛るる方もない荒涼とした焼跡に、この様な物がふと生れ出たのは、奇蹟としか思えない。「動乱のさ中に千載集が成つたといふ様な事にも別に不思議はない。歌人達は、世のさわぎに面を背けてゐたわけではない。そんな事が出来た様な生やさしいさわぎではなかつたであらう。彼等は、恐らく新しい動乱に、古い無常の美学の証明されるのを見たのである」。

『無常といふ事』は戦争中に書かれた。が、古いものの死と新しいものの生との鮮やかな姿。それは「平家物語」ではない、苔むした無常の思想が、仏教の衣をぬいで新しく生れかわった、その形なのである。戦争の、そして今もなお続いているこのさわぎのさ中に、私達がこの本を手にする事にも、何の不思議もないだろう。が、やっぱり不思議なのだ。千々に砕けつつ、水晶の透明さをもって、万葉の変らぬ美しさを物語っているというのは。「無常といふ事」は、分裂と混乱のはてに在る。いつの世にも。

小林さんの著書は、この『無常といふ事』しか読んだ事はない、と言うだけでもどれ程私が不勉強だか解るだろう。著者を知っているとは云え、物覚えの悪い私は、二度や三度会ったばかりでは、おそらく外で出会ってもおみそれするに違いない。にも拘わらず、今は、小林さん程はっきり知っている人はない様にまで思われる。それは、まさに人間の形をしているのだ。本を送って頂いた時も、わざわざ送って下さったその事よりも、私はむしろ、こうした物を書いて下さった事に感謝したい気持で一杯であった。

泥中から咲き出たひと本の美しい蓮の花。何としても私には、ほめるより他の事は出来ない。が、ほめたたえるより他すべもない物が、今のこの世の中に在るというだけでも大した事ではないだろうか。それは私にとって、大きな喜びであった。驚きであった。そして、

「奇蹟とみえたら、驚いてゐるに越した事はあるまい」という、その言葉のとおり、私はほんとうに大きな目をして驚いている。ほんとうに、そうする事が一番いいのだ、と信じ切って。

（「三田文學」復活第九号、一九四七年）

一つの存在

今日も私は河上家へ遊びに行って、てれにてれて帰って来た。誰でもおそらくそうに違いない、それは徹兄《にい》のせいではなく、みんなこっちが悪いのだ。が、どうにも仕方がない。何故なら徹兄はいつもだまって坐ったまま、人が居る事なぞ忘れはてて、丹念にパイプのそうじみたいな事に熱中しているのだから。いきおい人はしゃべらずには居られなくなる。何とかその場をうめる為に、主客は転倒してお客は一切のおとりもちをせざるを得ない。いちいち耳だけは借《か》していて下さるが、話は終ればそれっきり、だからすぐ次へうつらねばならない。どうせそう長つづきのするいい話ばかりある筈はないのだから、しまいには馬鹿な云わでもの事をしゃべってしまってうんざりする。助け舟なぞあればこそ、浮び上ろうとすればする程自ら窮地におちいるこの一人角力。相手はちっとも動かないのに、こっちは逆立ちでんぐり返し、いろんな芸当をやってみせる猿芝居といった様な結果となる。

それでも人は必ず何かしら得て帰る。それが何、という事は私には言われない。何かしら漠としたもの、それでいてはっきりしたもの。しかしそれもたいした事ではない。「解った……」と云って膝をたたく様な、そういう一時的のわかりではなくて、常住坐臥念頭を離れずといった様な、いわば日常茶飯事的な永久性をもった物だ。それはねちねちねばり強い、たとえば河上徹太郎氏のあの文章に似た物である。何だかぼそぼそ始まる中に、ねったりこねったりするうちにいつの間にか軌道にのっている、人に解らせてしまう、ちょうどそれと同じ工合に、パイプのそうじに余念ない間に、いつしか人に押しつけているあるもの。それはあるいは河上徹太郎の人間と名づけ得る物かも知れない。

　多摩川を渡った所に丘というにはあまりに高く、山と呼ぶには低すぎる、いわゆる都築の丘陵と昔から言いならわされて居る万葉時代からうねうねつづく横山の、その一つを中にはさんで、河上さんと私たちの家がある。歩いて約二十分。秋の頃は美しかった。幾重にもたたむ丘の西に大山がある。富士が見える。澄んだ日には日本アルプスの白根らしいのが遠く白く低く光っている。家は一軒もない。ただ見渡すかぎりの紅葉の浪。それもつかの間の一夜の嵐に散りはてて、やがて荒涼とした冬が訪れた。

　冬が来たらさぞかし寒かろう、とてもこう度々の山越えはおぼつかない、内心そう思っていたら案に相違。ちょうちょうとひびく斧の音にいやましにとぎすまされて行く山の景色は、あの豊かな黄と紅の美しさにまさるとも劣るものではない事を、河上家への道においていやでも知らないわけにはゆかなかった。

「僕は冬が一番きれいだと思う」。

澄み切った、菱田春草の絵の様な、林の中にたたずんで徹兄は言う。決してあたりの景色など眺めたりしないで、つまらなそうにそうつぶやく。それが又ひどくよく似合ってみえる。そうです。ほんとうにそうなんです。春の花も夏のはげしさも秋の紅葉もみんな徹兄の物じゃない。この単調な、この何もない、この長い白い冬。しかしよく見ればいかにもこまかい神経にふるえているあの林、この梢。つめたい風に吹きさらされて立つこの丘、あの高嶺。冬は決して淋しい季節ではない。徹兄も決して淡々とした人ではない。

徹兄の眼は物を眺めたりなぞしない目である。たださえ奥にひっこんだその目は、いつでも内へ向っている様だ。そう云えばほんのちょっとした癖でも、その人をよく物語るものである。徹兄を知るかぎりの人は、彼が両方の指先を、数珠を持つかの如く、いつでも爪繰っているのに気がつくだろう。たとえ火鉢にかざす時でも、よっぱらった時以外その指先が開かれる時はまずないと言っていい。その様に、名実ともあらゆる場合に徹兄は、他を対象に「説法の形」をとる事はしないのである。

そういう彼が古い古い家柄の一人っ子に生れた事も忘れてはならないだろう。いえ、むしろ一番大事な事かも知れない。人は誰でも自分で出来上った様な顔をしているけれど、環境という物にどれ程支配されたか解らないものである。問題はそれをどうこなすかという事にある。生活に支配されるか、又は生活を支配するか。そしてこのことは、いわゆる旧家とか大家とかいう背景がどれ程重荷になるものか、それは世のもろもろの甘やかされた一人っ子達を見れば解る事であるが、徹兄は負けなかった。と云って、一人っ子の垢をふるい落したというのではない。彼ほどその最たるものはない。いわばその弱点をそのまま徹底的につきつめて行き、ついには一人っ子中の一人っ子、たった一人の孤独な人、しこうして自由な人間に自らを育てあげたのではないだろうか。幸福な様で実は不幸なそのハンディキャップも、徹兄にとってはかけがえのない有難い物ではあった。其処から逃れようとせず、家出もせず、当然行けた筈の外国へも行かず、黙々として広い家の暗い部屋の奥の方の隅っこに閉じこもって、たった一人で七転八倒して苦しんだ。すべてはあのモゾモゾした爪繰りの様なものだ。勿論これは私の想像にすぎない。が、おそらくよそ目にはこれ程おとなしく素直な子供はないとまで見えた事だろう。これは今でもそうだ。ちっとも変っていやしない。正に彼は一人っ子の象徴である。お煮しめである。徹兄はそんな、いわば逆説的な人間なのである。

その徹兄に、お酒があるとは何という祝福すべき事だろう。それは当然の成行きだったかも知れないが、もしなかったら、広い家の隅っこの方でだまって死んでしまったかも知れないのである。徹兄にとって酒は酒ではなく、血の様に欠くべからざる液体なのだ。時々崖からおっこちたり、財布をおとしたり、外套をなくしたりして、「今に命をおとす」としゃれた心配をする人もあるけれど、それよりも、むしろない時の場合を考える方がおそろしい。酒なき以前の徹兄は、私は知らないけれど、もしかするとほんとうに可哀相な人だったかも知れない。が、今は「可哀相な徹兄」なんてもの、考えただけで可笑しくなる。

可哀相だの気の毒だのあわれだのいう言葉は、いかなる場合にも徹兄にはぴったり来ない。思い出づれば三とせの昔、焼け出されてへとへとになって辿りついた時でも、又現在財産税をしこたま払った後の没落の姿にも、そんな形容詞はお世辞にも使えたものではない。へべれけに酔っぱらっても、勝手に一人で帰りやがれ、と言いたくなる。ようするに（いかんせん）徹兄は、立派なのだ。

　徹兄にはお弟子が多い。走る者は追わず、来るものはどんな物でもまつわらせて、しかもまだまだ余地があるといった形だ。しかし「徹兄」と呼ぶくらいだから、私はよその人々の様に特に先生とおもって居るわけではない。そうかと云って友達でもない。何にも言ってくれはしないのだから、そうたよりにしているわけでもないのにやっぱり何だか、此処にこう坐ってあっちの方を眺めていると、山の彼方に幸が住むどころじゃない、そんな夢ではないもっと確かなたのもしいかたまりを私は感じる。そうして何やら安心する。だからつまりは、あんなものが、何処かに居てくれればそれでいい、——結局のところ、徹兄については、ただそれだけでほかに何も言う事はないのである。

（「三田文學」第十八号、一九四八年）

小春日和

毎日馴れない商売をしていると、たまのお休み程たのしいものはない。殊にお天気がよかったりすると、何処へも遊びに行く気はせず、一日ぶらぶらしてすごしてしまう。

今日も原稿なんかほったらかしにして、裏の山へ歩きに行った。少時見ぬ間に冬景色になって何も目新しいものはないのに何もかも珍しい。草花や薄は枯れてしまうのに、どうして雑草だけは青々とはびこっているのだろうと感心したり、隣りの松林が切られたのは、あれは持主が病気で入院したからだナ、と気の毒に思ったり、人里はなれた所へ登っても、一つとして人間社会を反映しないものはない。

それでも空気はさすがに甘く、おいしい果物のように身体中に沁み通って行く。枯草の上に寝そべって、青空を見つめていると、銀座の喧騒も、ネオンサインも、クリスマスツリーも、遠くの方に退いて、足の指一本も動かすのが惜しいような幸福な気持になる。ずい分長い間、私はこういう気分を忘れていた。正確にいえば、連続的には、たった一度しか味わったことはない。それは病気で死にかけて、手術をし、その快復期の数週間のあいだであった。目に映るあらゆるものは新しく、身体の中では死にかけた生命が、日に日に芽ぶく植物のように、息をふき返してゆくのが感じられ、あの「紙をはがす」という形容が、いかにもふさわしいものであることを知った。おもうに、私がたしかに生きていたのはあの時だけではなかったか。またいつの日か、あの体験を取戻す時が来るだろうか。

ぼんやりそんな事を考えていると、向いの山で鉄砲の音がした。日曜日でもないのに、ここらで猟をしているのは河上徹太郎さんに違いない。ふと、犬と追っかけっこをしている河上さんの姿が目に浮んだ。というのは、先生の犬は鳥を追い出しはするが、拾っては来ない。食べてしまうのだ。だから撃ち落すと、とたんに鉄砲をほうり出して、藪の中へと突進する。どちらが先に駈けつくか。むろん犬の方にブがあるから、その努力たるや涙ぐましいばかりでなく、往々にして一足先に満腹した猟犬が、口のあたりを真赤に染めて飛出して来たりすると、その躾の悪さへの反省も手伝って、先生にはよけい気の毒な思いをさせることになる。鉄砲の醍醐味は、当った手応えを楽しむあいだに犬が獲物を持ってくるその間にあると思うのに、それ迄犠牲にするとはよくよくの事である。そんなら厳しく仕込んだらよさそうなものだのに、そこは大目に見てやる所が河上さんの愛情なのであり、多くの人間がなつく所以でもあろう。

犬の名をジョニィという。ポインターの牡で、尻尾は見事だが、耳をおったてるという複雑な代物で、はっきり云ってしまえば、名犬でもなければ駄犬でもない。近頃とみにつやつやした、美しい犬に育って来た。それというのも主人の愛情の然らしむる所で、他の人が育てたら、永遠に只の駄犬で終っていたことだろう。その御主人にも、二三年前までは「ジョニィは駄目だ」と愛想をつかされていた。どこか、大島あたりの猟師にも入門したが、そこでも匙を投げられたらしい。しかしそれには理由があった。当時は他にもう一匹、ビリィと名づける先輩がいて、主人の寵を一身に集めており、ジョニィはそのわきでしょっ中ふるえ乍ら人の顔色をうかがっているような哀れな犬だったのが、ビリィが死んで昇格したのである。

今河上さんは明けても暮れてもジョニィである。たまたま一人で飲みに来られても「今ジョニィのごはんの時間だよ」「おしっこに起きる時だよ」とそわそわする。つい最近も、旅先から、犬にあてて、アスカエルカラオトナシクマッテイロという電報を打たれたと聞く。自分の好きな島へ手紙を書いた明恵上人を思わせるような美談だが、よく考えてみると、それとは少し違うような気がしないこともない。が、どこが違うか、私には解らない。しいて云えば、自然と全く同化することの出来た古代人と、努力して付合っている、少くともそういう風に見える、近代人との相違であろう。が、そんなことは向うの山で猟をたのしんでいる先生とは関係のないことで、私の個人的な感想にすぎない。

もう一発、今度は別な方角で銃が鳴った。とたんに、きのう人からジョニィが逃げたという話を聞いたことを思いだした。すると、あれは河上さんではないかも知れない。いかなる人間の愛情も、雌犬の魅力には及びがたいのであろうか。急に私は、背中の方が冷たくなって来るのを感じて立ち上った。どうも長いこと幸福をたのしむのは難しいものらしい。兼好法師は、何もしないで過すのが一番いい、といったが、彼は一番難しいことをいったのであろう。この言葉には、小人閑居して不善をなす、という裏打ちがある。

（「文藝春秋」一九五七年二月号）

月謝は高かった

私がはらった月謝、それももっぱら骨董の贋物をつかんだことを書けという注文である。ほんとうに近ごろは贋物ばやりの世の中である。永仁の壺以来、はにわ、乾山、古伊万里など、それらについては私みたいな素人まで、いろいろ意見をきかれるが、一度も答えたためしはない。というより、そのたびごとに私は、このように答えることにしているのだ。

「骨董を買いもしないで、ただ興味本意で贋物本物を云々する近ごろの風潮を私は好みません。それは推理小説の興味と、なんら異るところはないからです。社会正義の名にかくれて、美術品とは縁もゆかりもない人達までさわぐのは、そのこと自体が贋物のように思われます」と。

この考えは今も変らない。もちろん、贋物が横行するのは悪いにきまっているが、真贋の別を究極まで追及するのは、誰にも不可能なことだろう。そんなものを計る物差しは、存在しないからである。かりに、贋物を作った人が名のり出たとしても、どこに証拠があろう。贋物の贋者も出てこないとは限らぬし、正真正銘の本物まで、自分が作ったといいかねまい。

そういうわけで、骨董界も、人間がつくりあげている以上、世間一般の機構と同じように、「まず大方のところ」で通用している。知らない人には、歯がゆく思われるだろうが、これが人間の智恵というもので、あまり厳しくさばきはじめたら、元も子も失うにきまっている。だいたい、世間を見渡したところ、本物の人間らしい人間が、いく人いることだろう。それに思いを及ぼせば、軽率に真贋の区別など、口にすることはできなくなる。

いつか細川護立《もりたつ》氏に、ある道具屋さんが、宮本武蔵の絵を鑑定していただいているとき、

「これは本物以上に本物すぎるから、たぶん贋物だろう」

といわれたことを思いだす。そんなことを見聞きしていると、何を、誰を、信用していいかわからない。ただ、自分の好きなものを買うだけで、それがたとえ後で贋物とわかっても、決して損はしないものである。

そこが月謝のありがたいところで、身に応えて覚えたことは、二度とふたたび同じ間違いをしでかさない。贋物をつかむのが恐ろしくて、大勢に鑑定してもらうのはなるほど間違いは少なかろうが、一生眼は見えないで終るだろう。第一、自分で「買った」という喜びがない。そういう人達には、「口惜しかったら、贋物ぐらいつかんでみろ」と、つい失礼なこともいいたくなる。

近頃問題の古伊万里にも、私はいくつかひっかかった。ひっかからない道具屋さんはないといっていいほど、素人も玄人も、だまされたのである。これは敵ながらあっぱれであった。単に巧い出来というだけでなく、ちょうど焼きもの好きの人達が、どこかにないかと捜しているような、初期のうぶさをねらった、知能的な犯罪で、その目的は別として、人心の機微をつかんだ演出は、

実にみごとというよりほかはない。

作者のほうも、贋物を作らせておくには、惜しい才能で今出来のものとして売り出したら、私はもっと買うだろう。これよりまずい本物はいくらでもあるし、うまい作家はいくらもいない。そういうことを考えると、この古伊万里はまことに特異な存在といえる。

贋物は、贋物ばかりとは限らない。これは変ないい方だが、本物のたとえば志野や織部でも、ピンからキリまであり、うっかりすると二流三流のものを買ってしまう。安い高いにかかわらず、何万となくあるそのなかのいい出来のものを買わないと、いくら本物でも、自分にとって贋物同様の価値しかないという意味である。

今まで私が月謝を払ったのは、そうしたもののほうが贋物の数より多かったかもしれない。が、それとていっぺん買った以上、決して損はしないものである。先日も私は、平凡な粉引の盃を買ってしまった。ほしいほしいと思っているときだったから、大していいとも思わないのに、つい手が出た。他に目ぼしい品がないときに、こういう失敗をしばしばやる。

また馬鹿なことをした。これからは気をつけましょう、そう思っていると、一月ばかりたったころ。同じような粉引だが、比べようもなく美しいのに出会った。無理にゆずってもらったが、もし、前の平凡なのを買っていなかったら、その美しさがすぐわかったかどうかわからない。こういう経験のない方には、何とつまらないことを書くと思われそうだが、骨董を買うことも、人生と同じようなもので、こんな工合に、実に遅々としか進まないものである。一つ一つの、つみ重ねとでもいおうか。それをくり返すうちに、しだいに辛抱することを覚えて、つまらない物には手を出さなくなる。眼が利くとはようするに、本物のなかから本物を発見するまで待つ、その我慢のことをいうのだろう。

骨董は、買ってみなくてはわからないというけれども、買ってもまだわからないことはたくさんある。はじめのころ——というのはもう十年以上も前の話だが、青山二郎さんにすすめられて、天下一品の粉引の茶碗を買った。当時は安いものだった。粉引のことを書いたので、思い出したのだが、たしかに買って、少時持っていたのにそれから何も教えられなかったことは、先の話で証明がつく。あれはたしかに美しかった。二つとない粉引であった。と今にして思い当るのも、この盃を買ったからである。

人は経験することによってのみ、取返しのつかぬことを知るものだ。他人にいわれて、うわの空で買い、うわの空で売ったのでは、どんな逸品も、屑にひとしい。贋物を買うことより、そういう月謝のほうがはるかに高くつくのではないだろうか。少なくとも贋物は、一生忘れない深い傷口を残してくれる。

だが、私がほんとうに月謝を払ったと思うのは、今話に出た青山二郎さんである。弟子にしてやるといわれ、毎日銀座の酒場へ通った。そのころ、青山さんは、「筍生活」という作品も書かれたほど貧乏で、骨董を売って生活の足しにしていたが、そこへ私が現れたのである。はた目には、いい鴨と映ったかしれないが、私はそんなことは思わなかったし、今でも思っていない。毎日のように蒐集品を買わされた。そのうえ、「今にこれも全部飲んでしまうよ」といわれ、その予言どおりになった。

あのころの物を、現在でも持っていれば、私もずいぶん金持ちになっていたに違いないが、残ったものは、お酒を覚えただけで、骨董も、理解したほどには身につかなかった。月謝とはそうしたものである。

そして、先日、何年ぶりに、銀座のバーで、青山さんに行き会った。遺産がはいって、大金持ちになったとかで、りゅうとした恰好である。四百五十万円の、すばらしい織部の鉢を買ったという話も聞いた。

「でもね、僕はお前さんから小遣いをもらったときがいちばんたのしかったよ。金を持ったって、つまらない」。

青山さんは、ぽつんとそういわれた。そんなものかもしれない。幸運は、いつも来るのが遅すぎる。が、そのとき私は私で、払った月謝を全部返してもらったような気持がした。元をとった、という言葉は適切ではない。元がとれるとしたら、むしろこれから先のことだろう。いや、必ず利子をつけてとってみせると、心のなかで誓った。私の感謝のしるしは、それ以外に表現の方法はないからである。

（掲載誌不詳、入朱有）

京の女

この夏私は京都に旅行して珍しい女の人に会いました。もっともそれは私だけがそう思うのかも知れません。けれども私はその人を見て、この暑いのにはるばる京都へ来たかいがあったと思うほどです。と云ってもそれは決して有名な人でも何でもなく、立派な言を吐くわけでもないのですから、ことさら取上げて書くに足る材料もないので、私はただその人にどういう風にして会い、どんな事を話したかをここにしるしてみようと思います。

その女の人の名は、かりにお清さんと呼んでおきましょう。昔、祇園で一世を風靡した事のある有名な芸者で、その後は小さな、しかし飛切り上等の宿屋を経営していましたが、やがてこういう時代に愛想がつきたものか、それとも面倒臭くなったのか、今ではすっかり手をひいて東山八坂の塔のかたわらに静かな生活を送っています。そういう過去のある人ですから、昔はかなり有名で、……と云ってもそこらの大臣や金持ちなどには目もくれず、極く少数の一流のちゃきちゃきの人達の間で持囃されていたのですから、案外知る人は少いのではないかと思います。私も今度がはじめてで。それというのも今までは、話には聞いていていても傍にもよれない様な気がしていくらか億劫に思っていましたので、しぜん会う機会もなくてすごしたというわけです。

これだけ書いただけでは、人はここに非常に気のきいた、瀟洒たる京美人を想像するでありましょう。どんなにしゃれた人か、ちょっと会ってみたい気も起ることでしょう。私もそうでした。私も好奇心から、まるで名所でも見物する気で、この有名な女をせめて垣間見たいものだと思っていました。しかし、期待はみごとにはずれました。が、ぜんぜんはずれたというわけではない。成程聞きしにまさる美しさではあり、この上なく粋でもあり、そういう世界に育った人の常として、目から鼻にぬける程気がきいてもいましたが、それはほんのうわべだけの事で、お清さんはその上に、人間として欠くことの出来ぬ何か立派なものを身につけていました。それが私を喜ばせました。

いきなり行ってもちっとも構わない人だから、ぜひ会ってみろとすすめられて、半信半疑祇園の石段下で電車を降り、何かこう出来心とでも云いたい様な自分の気持に苦笑しつつ、遠くにみえる八坂の塔をたよりにぶらぶら歩いて行く頃には日は既に西にかたむいていました。やっぱり京都はいいなあ。——久しぶりにここに来て、昔ながらの紅がらの格子がつづく家並をなつかしく眺めながら、私は東山にそって南へくだって行きます。だがここは確かに若い人の住むところではなさそうだ。こんなに、美しすぎる程完成し、文句のいう余地もないほど落着きすました所にいたら、骨の髄までとろとろととけて、一生ねむりをむさぼって居たくなるに相違ない。と思うかたわら又ここに住んで、静かな生活を送ったらどんなにたのしかろうなどと、開け放しの土間の中をのぞきこんでそんな空想にふけってもみるのでした。

お清さんの家は塔の北側にあってすぐ解りました。思っていたよりずっと平凡な家で、間違いではないかと消えかかった表札を何度も見直したほどです。玄関にはいったとたんに、先ず大きな秋田犬に吠えられました。水をまいたたたきの上に、白い鼻緒の真新しい下駄が一足、古い更紗の日傘が一本、おや、お客様かな、とためらう間もなく奥から中年の女の人が現れました。

お清さん。——ひと目でそれと知れる人でした。だが何と切出したものだろう。そんな事は今の今まで考えてみもしなかったのに。……

「お清さん？　あたし、白洲。今晩とめて頂戴」。

いきなり口をついて出たのはそんな唐突な言葉でした。が、それ以外に言い様はなかったのですし、それでいいと思ったからです。もし又それで通らぬ時は、どこかよそへ、……たとえば阪神間にある自分の家へおそくとも帰ろうと、とっさの間に心をきめていました。

が、お清さんにはいっこう驚くけしきはなく、まるで当り前の事の様に、まあお上り、と一間の中に招じ入れられました。多分自分の居間でしょう、二間つづきの小さな座敷で、よく片付いてはいるがこれという珍しい物もおいていない、さっぱりした気持のいい部屋です。どこの馬の骨か解らないこの傍若無人な闖入《ちんにゅう》者を見ても、平然として珍しがりもせぬ女主人に、反ってこちらは手持無沙汰の気味で、すぐ馴れて傍へよって来た犬をからかっている間、彼女は台所でつめたい氷水を用意していてくれます。

珍しいと云えば、まったくこの犬ぐらいなものです。我々の家庭ならともかく、大きな犬を座敷に飼うなんて、およそこうした社会の人達とは不釣合に見えます。が、つまりお清さんという人間がそういう人なのかも知れません。

さいわい彼女は私の名前を知っていました。よく知っていた、——そう言いながら、真白な麻の座ぶとんをすすめてくれます。私はその冷たい肌ざわりをたのしみつつ、その上に坐って、というよりも足を投げ出して、挨拶をするかわりに、「もう一杯」と空のコップをつきつけました。お盆を出して受け取るその仕草には芸者らしいなまめかしさはみじんもなく、ただすらりすらりとたとえばお茶の宗匠のお点前の様に自然にたくまず美しいのに、私はうっかりみとれて、「こいつは話せる」ととたんに思いました。もっともそんな工合のいい宗匠なんて見た事もないのですが、もし居たらさもあらんと思っただけのことです。

お清さんは白と黒の立縞のゆかたをひっかけていました。何という事もないふつうのがらですが、それがこれ以上の物はないと見えるまでによく似合います。おまけに袖は筒っぽときています。袖が切れてきたので面倒臭いから切ってしまった、「こんな恰好でごめんやす」とちょいと頭をさげてみせたその人の、京なまりまで書けるといいのですが、どんなにうまく出来た所で、紙の上ではその半分の抑揚も出ないでしょうし、三十分の一のやさしさも現れないにきまってますから、以下私は思いきって自分の言葉でしるしてみますが、実はその方が反ってお清さんの言葉に近いと思われるからでもあります。

お清さんの京都弁は、それは決しておっとりしたやさしさばかりではなく、びっくりする程歯切れがいい。言葉がそうである様に、そのきゃしゃな姿かたちにしても、風にたえぬ風情になよなよとしているのではなく、たとえば昔の話に聞く深川あたりの芸者もかくやと思われるばかりの、まるで江戸前のにぎりの様にきれいさっぱりてきぱきしている、――これは実に意外でした。しかし、何でも一流のものには必ずそういう凛然とした所があるものです。子供の頃親しく見馴れていた九条武子さんの面影。あの典型的な京美人に、顔立ちこそどことなく似通っていますが、この人には生れから来る気品がないかわりに、武子さんほどの甘さはなく、それだけにもっとはりのある、冴えた音色が感じられます。しかも江戸っ子の様にそれを表看板にしないだけ、なおのこと半鐘みたいないや味がありません。この人の鼻っぱしにはたしかにいぶしがかかっているのです。

お清さんと私はひと目で友達になってしまいました。ひと目で、安心する事が出来たのです。私は足を投げ出し、お清さんは坐りもしないで、と云って立膝するわけでもなく、しゃがんだままでしゃべっています。筒っぽのゆかた姿に、腰からはずれそうに辛うじてまとまっている博多帯。一本の細い帯留が、そこではどんなに大きな役割をしていることか！　そのしどけない恰好がだらしなくみえるどころか胸がすく程涼しくみえます。小村雪岱《せったい》の絵というのは、あんなお尻も背中もない女なんて居るものかと思っていましたのに、それが現に目の前にあるのを見て私は自分のまなこを疑います。こりゃまるで人間ばなれがしている。――初対面にそう思ったのが間違いではなかった事を、その後二三日つき合ううちに私はいやでも知らされる結果になりました。

お清さんはしゃがんだまま、私は寝ころんだまま泊れとも泊るとも言わないでその夜はおそくまで語りあかしました。それは私をたのしくさせました。むつかしい話一つするわけではなく、ただの世間話だった事がよけいに私を喜ばせました。お清さんの話はたとえばこういったものです。――

「照葉さんという人。あんな仕合せな人居やしません。女と生れて女の出来ることみんなやってのけたのですからねぇ」（ここで彼女は十ばかり例をあげました。一、お妾さん。二、奥さん。三、男をつくった。四、外国に行った。五、本も書いたし歌もよめば俳句もつくる、といった様に）。そして最後にポンと言ってのけました。「もう尼になるより他することあらしまへん！」と。

これが彼女の人生観です。人はどう思うか知れませんが私は面白いと思いました。いつぞやも、Kという我々の友人が東京で亡くなりました。その時お清さんから「カネナイユケヌ」という電報が来て、ずい分面白い人だと思った事がありましたが、彼女に言わせると、その時は実に行きたい気持で一杯だった。が、財布の中には一文もない。借りて借りられぬ金ではないけれども、人の金などで行くのはいやだった。どうしようこうしよう、とつおいつ考えた末、自分の切なる気持を表すには、どうしても事実を言うより他はなかった、――というのです。

彼女は万事その調子でゆきます。すべては直線でもって出来上っているのです。この私にしたところが、……私はこう見えても大変人みしりですから、初対面で形の上はとも角も、心の底までくつろげる事は先ずありません。それがここでは可能でした。ここでは、自分の部屋に居る以上に気楽であり、自分を相手に話す以上に気兼ねをしないで済みました。つまりお清さんの前では、あらゆる虚栄は不必要だったのです。

そういうお清さんは、さぞかし世事に通じている様に見受けられるかも知れません。が、事実はまったく反対です。話しているうちにいつしか私は、「つれづれ草」の中の、新しい物事を「世に事古りたるまで知らぬ人は心にくし」という言葉を思い出していました。それ程彼女は、闇の話やパンパンやアロハシャツからは縁が遠い。いわゆる世間の新しい事にまったく無智である事が、私にはほほえましくなるよりむしろ尊いものに見えました。そうかと云って彼女は、そういうものを一がいに軽蔑しているわけではありません。むしろ興味をもって聞き、時にはすっかり感心しきってさえいます。その感心の仕方が又、よく人がやる様に、さげすみつつびっくりしてみせるのではなく、心の底からほんとうに驚いたり同情したりして聞く所が愉快でした。

どんなつまらない話の中にも人の中にも、探そうと思えば真理はあるものです。そのくだらない物の中から、お清さんは的をはずさず物のしんをつかんでは、いちいち胸の中にしまってゆく様でした。今までにも彼女は、多くの人に接する事によってきっとこの様にして学んだものでしょう。芸者という商売は、もしその気さえあれば極めて理想的な人間になれる筈です。まるで小説家ほどに、人間の心を知り、人の世のはかなさを体験せざるを得ない立場にあるのですから。そういう意味では、あらゆる場合に人は、旦那になるよりむしろ仕える側の人になった方がいい様に思われます。人間を見る目を養うということが、すれっからしになる事とどんなに違うか、私は無邪気なお清さんを見ているうちにつくづくそんな事を考えます。そして、昔の禅坊主に似た純真さをそこなう事なくそっとそのままにしておく社会、京都という都が、世にも不思議な所に思われてきます。

翌日私たちは嵯峨の龍安寺へ行きました。はじめ一人で行くつもりのところを、急にお供をすると言って出ぎわに着物を着かえはじめました。藍の上布に白の一重帯。手あたり次第そこらの着物をひっかけたのが又素晴らしくよく見えたのは言うまでもありません。お清さんはその時、非常に美しい翡翠の帯留をしていました。その帯留の玉を真中にまわすのを忘れて、わきの方へやったなり、いつになったら気がつくだろうと思っていましたがとうとう最後までそのままでした。そのいでたちに、白いじかばきをつっかけて、更紗の傘をさしかけてゆく後ろ姿は、古い新しいに拘わらず、正に世界の流行の尖端をゆくものと見えました。東西とわずそんな姿には美しいとか粋だとかいうのを通りこして、人を無視した表情があるものです。それは何を着てもそのまま身につくという、いわば裸のままの人間の自信といった様なものです。「ちょこなんと坐って」とか、「てこんてこん歩いて」というのがお清さんの口癖ですが、まったくそれはそのまま彼女の姿を表します。外へ出るから着物を着る。暑いから傘をさす。白粉はめんどくさいからつけない。といった調子の飄々乎としたこの美人とつれだって町に出た私は、しかしやにわに面食らわざるを得ないハメにおちいりました。

あきらかにこのゲームは私の負けでした。馬鹿なお清さんは、車道の上を牛車の如く歩みます。交通信号なんて何処にあるのか。そんな物はないのです。自転車はぶつからないもの。自動車はよけて通るもの。世の中に何一つこわい物なんてある筈はない、と言わんばかりの手放しのかっこうです。そりゃあそうさ。お供の私がゴーストップで袂をにぎり、知らぬ町では道を聞き、切符を求め煙草を買ってやるのですもの。……そういう風にして、大事な御主人を龍安寺まで運んで来たときには、さすがに疲れてがっかりしてしまいました。だが愉快でした。まさかこれ程の事はあるまい、とたかをくくって居ただけに。

「奥さん、私はほんとに馬鹿なんですよ。こないだも道成寺に行くとき、お連れの人がお寺はどこにあるか知ってるかと言うから、勿論そんな事知る筈はありません、むこうへ行ったら解るでしょ、ということになり、道成寺の駅でおりたところ、名所案内に、道成寺——三十米と書いてある。こりゃ大変だ。三十米もあるのだったらとても歩いて行けやしない。そう思って駅の人に自動車はあるかと聞いたので、一緒に行った人、恥かしくなって逃げ出しちまいました。ほんとにあたしは困りもんですよ」。

いつしかお供と化した私が手こずっているのを見て、まるで人ごとの様に、お清さんはなぐさめ顔にそんな事を言います。困った人だね、ほんとにそりゃあ。だけどそんな事なら誰でも知ってるサ。それよりもそれよりも私の気に入ったのは、彼女が自分の「仕様のなさ」を売りものにしない事です。自分はおかしな女である、それでいやなら止せ、といった調子なのですが、そのたくまぬ自然さが、彼女のつくろわぬ美しさと相俟って、私にはまぶしい程に思われるのでした。

やがて私たちは久しぶりで見る龍安寺の石庭の前に立ちました。そこで再び私は奇妙な発見をしました。私達は石庭に対し、お清さんはあきらかにその庭の一部と化している。——たとえば庭をとりまく塀とか、木立とか、そういう自然のものの中にとけこんで居るのです。まるで自分の庭でもあるかの様に、この稀代の芸術作品の前にたじろぎもせぬ彼女の姿は、それはただちょこなんと坐って居るだけなのですが、何物かを見出そうとして、そうしたけち臭い根性であくせくしている私より、（私の様なものより）はるかに泰然自若として見える事に気がつきます。

「この庭については偉い人達からずい分色んな事を聞かされますが、私には何も解らしまへん。ここにあればこそですが、どこか道のはたにでもあったなら只の石ですがな」

という彼女には、たしかに私よりこの庭がよく解っているに違いありません。次第に私は、十五個の石をもって作られたこの有名な庭そのものよりも、それを背景にして坐っているお清さん、それから夕日をあびたあたりの梢とか山とか空とかをひとつにまとめた、大きな絵画を眺める事に興味を感じはじめました。そこにはぬきさしならぬある一つの調和が出来上っていました。おそらくこの人が居なかったら、私はもっと鹿爪らしい顔をして、はるかに高尚なおもいにふけったかも知れません。だが世の中の何がいったい「高尚なもの」なのでしょう。この厳しすぎるほど淡々とした庭を相手に、いささかの不調和もなく見事にしっくりはまって見えること。それこそ最も「高尚なこと」ではありますまいか。何を彼女は思っているのか？　おそらく何も思っては居ないに違いない。彼女はそのまま石庭の十六番目の石と化しているのです。

志賀直哉さんは随筆「龍安寺の庭」の中で、簡潔に要点をつかんでこの庭の事を書いて居られます。「庭に一樹一草も使はぬといふことは如何にも奇抜で思ひつきの様であるが、吾々はそれから微塵も奇抜とか思ひつきといふ感じは受けない」――そういう言葉がありますが、それをそのまま人間の上にうつしてみたら、即ちお清というものになります。奇抜な様で平凡なところが。目立たぬまでに洗練されているところが。小さなくせに人を食っているところが。

彼女は堂々とした貴婦人ではありませんが、五十坪のこの庭にひとしい京都の生んだ一代の傑作です。生きた哲学です。しかし石庭をほんとうにアプリシエートする人が少い様に、お清さんのよさも広く世間へ通用するものではありますまい。ある人々は、その中にただ古風なものしかみとめないでしょう。無智な女しか見ないでしょう。が、昔の華やかさにひきかえてしがない女一人の侘住居に、愚痴一つこぼさず送るものを送りむかえるものを迎えて、平然として済まし返っているこの人に私は何かしたたかなものを見ます。それは「叡智」とも名づけたいものです。それは一つの美徳です。けれどもお清さんのこんな態度は、とても他の土地ではゆるされないでしょう。ただ京都のみ、この古い都だけが、この様なものを包容する事が出来るのです。伝統というものはおそろしいものです。はるかに植民地くさい東京では、この様な生活も人間もゆるすだけの雅量はなさそうにみえます。私はこの人を通じて、京都の女ばかりでなく、今では京都という所まで、何かは知らずよく解った様な気がします。

嵯峨からのかえり道、折しも祇園祭のさなかの事とて、京都としては珍しくこんだ電車の中で、お清さんは大事な財布をぬすまれました。降りてから気がついて戻ってみたのですが、もう何処にもある筈はありません。気の毒に思って私も、一緒に探してまわりましたが、心の底をわって言えば、これはあまりにも当然すぎる出来事でありました。ありそうな事がおきると、人は時に可笑しくてたまらなくなるものです。あんまりピッタリということは、事のよしあしに拘わらず、何かしら愉快にさえなるものです。彼女のこの災難はいかにも気の毒と思いましたものの、同時に私は殆ど笑い出したくなる気持をおさえる事が出来ませんでした。

かえる道々お清さんは、「おそろしい世の中になった」という意味の事をぶつくさつぶやいていました。が、いくら自分にそう言って聞かせてもむろん真に迫りはしませんでした。

（「三田文學」第三十一号、一九四九年）

ほくろのユキババ——文六夫人のこと

四月号の中央公論に、獅子文六夫妻と、河上徹太郎さんの写真がのっており、河上さんが夫人のことを、「私の旧藩主のお姫様」と書いている。ここはぜひともおひめ様ではなく、おひい様とよんで頂きたい。幸子さんは、いつまでもそういう純真さを失わないおひい様だからである。

岩国の城主、吉川元子爵家に生れた。私とは一つ違いだが、見たところも、気持も、ずっとお若い。子供の時から、妹のように思っていた。至っておとなしい方だが、明るい性格の持主で、私の子供達も、「ユキババ」と呼んでなついていた。ある時は、「ほくろのユキババ」ともいった。下唇のそばにビューティー・スポットのようなほくろがあり、子供達がそれをつつくと、「ホウ」という。つつく、「ホウ」、またつつく、「ホウ」、一日中あきもせず遊んで下さった。

「ユキババ」のことを書く、といったら、今はもう大人になって、結婚した子供達が、これだけはぜひ書いてほしい、と頼む。彼等も「ほくろのユキババ」がなつかしいのである。人徳というものだろう。

だが、このおひい様は、大変苦労をされた。はじめの結婚は、わずか二年で、御主人が事故の為に亡くなった。これは大きなショックだったに違いない。何しろきれいで、優しい方だから、その後縁談は降るほどあったが、二度とお嫁にゆくのはいやだという。それを獅子さんが射とめたというわけだが、そのことはまた後に記す。やがて、戦争がはじまり、終戦になって、おひい様もおひい様ではいられなくなった。その間の苦労は、お育ちがいいだけ、ひと通りではなかったこととお察しする。戦争中は、岩国に疎開し、私との付合いも一時とだえたが、戦後しばらく経って、帰京され、お母様（これがまた絵に描いたような奥方様であった）と、一緒に大磯で生活されるようになり、私の里も大磯にあったので、しじゅう往き来をするようになった。ところが、幸子さんは少しも変ってはいない。悲しみも、苦しみも、いささかの影も止めず、戦争があったことも、生活が変ったことも、まったく意に介さないという風で、そういう彼女を私達は、ひそかに「通りぬけのおひい様」と呼んだ。これはいく分の悪口であると同時に、最上の褒め言葉でもあった。めったなことで、汚れたり傷ついたりしないのが、おひい様の特質だからである。

幸子さんは、永久に独身ですごすだろう、不生女《うまずめ》で終るだろう、そう信じて疑わなかった。だから、「獅子さんと結婚したいが、どう思う」と相談をうけた時には、急に返事も出来なかった。文六さんは、あのような大人である。文士であり、芸術家である。その上に、「海千山千」とくっつく。はたして巧く行くかしら。だが、坊ちゃんや若様より、そういう人の方が信用がおける。何よりも、作品がそれを証明しているではないか。

「すばらしい。きっと巧く行く。早くきめなさい」。断乎として私は答えたが、今から思えば無責任な話である。何もそれだけで、決心したわけではなかろうが、私のカンが、はずれなかったのは幸いであった。

実は獅子さんにも、ひそかに意見を求められたことがある。意見という程でなく、幸子さんの人柄について、世間話のついでにそれとなく聞かれた。とっさの答えに窮した私は、丁度その時、獅子さんの客間に、杉本健吉の飛天の絵がかかっていた、それを指さして、「あんな方です」といった。これもあまり間違ってはいなかったと思う。何故なら、結婚後しばらく経って、獅子さんが私に、「想像以上の天人だったよ」と、てれ臭そうにいわれたことがあるからだ。たしかに、満更ではなさそうなその横顔を見て、私はほんとうにうれしかった。幸ちゃんの為にうれしかった。お子さんが出来たのは、それから間もなくのことである。

幸子さんは、結婚というものを、夫婦というものを、まるで御存じなかったに違いない。何しろ、新婚二年で未亡人になったのでは、殆ど処女も同然である。が、文六さんという、「海千山千」の男性を夫にむかえ、その上子供まで生んだのは、たとえ苦労は多くても、女としての仕合せだ。もはや「通りぬけのおひい様」とはいえまい。よろしく獅子さんに、(そして私にも——とこれは小さな声で)感謝すべきだと思う。

家事に忙しくて、昔のようにお目にかかることは出来ないが、中央公論の写真でみると、ふくよかになって、幸福そうに見える。思いなしか、お母様によく似て来られた。ほくろも健在で、先ずはめでたし。

(『獅子文六全集』付録月報十四、朝日新聞社、一九六九年。入朱有)

形なき形

福原〔麟太郎〕先生を私はよく存じあげない。といったら嘘になるだろう。作品はいつも拝見しているし、年に何度かお目にかかる機会もあり、批評や推薦文も書いて下さったことがある。にも拘わらず、そんな風に思うのは、お目にかかった、お話が伺いたいと思っても、いつも私が一人でお喋りをしてしまう、そういうはめになる。要するに先生は、聞き上手なので、自分のことは殆ど何も仰しゃらない。今度全集を読んで、ひとしおその感を深めた。

褒めることもお上手である。他人を批判したり、悪口をいわれることはない。誰しも褒められるのはうれしいから、つい好い気持になってしまうが、これが実は曲者で、よく読むと先生は、褒めながら押える所はぐうの音も出ぬほど押えていられる。これはまともに叱られるよりずっと痛い。褒めることはけなすより難しいといわれるのは、そういう所の機微をいうのであろう。むろん先生は、そんな効果を狙うわけではなく、物事を公平無私に見られるから、鏡に映すが如き結果になるので、先生のお書きになるものはわかりやすくても、決して易しい文章ではないのである。そういう所はアランに似ていると思う。アランの「教育論」の中に、教師というものは、なるべく何もしないでいて、生徒が活発に行動したり勉強するのが、理想的な教育のあり方だ、という意味のことがあったと記憶するが、教室の中の福原先生も、そういう態度をとられるのではないだろうか、生徒の方に伺ってみたい。

人生を肯定的に見られる所も、アランに似ている。もっともフランス人の彼と、日本人の先生では、正反対な面もあり、万事につけて理論的なフランス人は、精密な計算の果てに、頭脳ではわり切れない所まで到達するのであるが、先生の場合は、文章も、生き方も、自然そのものである。たとえば今度出た全集第七巻の「悪文礼讃」など、その最たるものであろう。そこで先生は、ある作家の例をあげ、たしかに悪文ではあるけれど、「無雑作に見えて細部にまで手がとどき、ちっとも装飾がなくて、意味だけとられ、お化粧で生地を補うというところがない」。結果として、「文章という形がないから、ここに書いてあるほどの事は、みな素直な表現で、うそや無理なことは何にもないという気がする」。これはそのまま先生の文章に対する覚悟であろう。悪文など豈《あに》恐るるに足らんや。困った時は困ったように、迷った時は迷ったように書けばいい。先生の文章に、文章をはみ出たある拡がりが感じられるのも、そういう考え方が徹底しているからで、はっきりした形がないかわり、すべてを包んでしまうもう一つ大きな形が現れる。私は英文学にもシェクスピアにも無知に等しいが、自分と無関係な作品を読んでも面白いのは、広く人生一般に通ずる思想が表現されているからであろう。

形なき形、それが福原先生の独自の文体であり、随筆の真髄もそこに見出せるのではないかと思う。私は骨董が好きで集めているが、少し変なたとえだが先生の随筆ほど日本の美術品にそっくりなものはない。たとえば陶器でも、中国や西洋のものに比して、日本のそれにはしっかりした形がなく、「無雑作に見えて細部にまで手がとどき、ちっとも装飾がなくて、意味だけとられ（実用的で）、お化粧で生地を補うというところがない」のである。どれも生れは民窯で、日常の生活用品であるから、高価な茶碗と安物の間に本質的な区別はなく、その差は口ではいえぬ味わいと、姿の上に求めるしかない。傷があったり、やつれていたりすることも、全体の美しさとは関係のないことだ。

それは平明で、きらきらした所はないけれども、使えば使うほど味が出て来る。底光がして来る。だからひと目でわかるというわけに行かない。人間と同じように、長い間の付合いと馴れが必要なのである。

今度、先生の全集を拝見して、私が痛感したのは、そういうことであった。先生を存じあげているなどとは、とてもいえまいと思った。実に色々なことをしていられる。今まで優しい先生とばかり思っていたのが、気性の激しい方だということも知った。それが表に現れないのは、よほど強い性格の持主なのであろう。近年先生は御病気がちである。ずい分辛い時もお有りであろうに、その病気についてさえ、まるで他人事みたいに、悠然と書いていられる。病気に逆らわず、じっくり堪えて付合うといった態度で、この我慢強さには、今に病魔も負けて退散するに違いない。そうあってほしいと私は念じている。（『福原麟太郎著作集』第八巻月報、研究社、一九六九年）

志摩のはて

折口先生に私は、お会いしたことがなかった。遠くから、お姿を見かけたこともない。にも拘わらず、お弟子のはしくれみたいな気がしているのは、お書きになったものを通してお世話になっているからで、先生の場合、そういう「お弟子」は多いのではないかと思う。

はじめて先生の作品に接したのも、偶然のことからである。若い頃、外国生活が長かった私は、先生のお名前すら知らず、日本の古典や歴史にもうとかった。ところがある日、京都で古本屋をあさっていると、『古代研究』という部厚な本が目についた。めくってみると、何か心にふれるものがある。早速買って、帰りの汽車で読みはじめ、読みはじめると止せなくなって東京へ着くまでに第一巻を読み終えた。

そこには、私が無意識の中に描いていた祖国の姿があった。故郷があった。この時の感動を語るのはむつかしいが、著者の言葉を借りていえば、はじめて「妣が国」の存在に目覚めたといってもよい。おかしなことに、内容に夢中になりすぎたせいか、それでもまだ著者の名前はピンと来ず、その本の表題が右書きだった上、平仮名で書いてあったので、ちくりをとは何という奇妙な苗字かと、長い間そう思っていたのだから、無学の程が知れるというものである。

そんな私が、偉い先生方に交って、こういう所に書くのは僭越な話だが、それ以来一方ならぬ御恩をこうむっていることを考えると、お断りするわけには行かない。

去年、私は『巡礼の旅』という本を書いた。これは時間もかかり、体力を要する仕事なので、ずい分考えたが、その時も、熊野へ行けるという、ただそれだけの理由で引受けてしまった。

十年前、熊野に旅して、光り充つ真昼の海に突き出た大王个崎の尽端に立つた時、遥かな波路の果に、わが魂のふるさとのある様な気がしてならなかつた。此をはかない詩人気どりの感傷と卑下する気には、今以てなれない。此は是、曾ては祖々の胸を煽り立てた懐郷心（のすたるぢい）の、間歇遺伝（あたゐずむ）として、現れたものではなからうか。

そういう文章にひきつけられた為である。この仕事は、自分としては、不満な結果に終ったが、至る所で「間歇遺伝」の血が騒ぐのを、どうすることも出来なかった。その血がおさまるまで私は、待つべきだったのであろうが、熊野の山で、那智の滝で、補陀落山寺で、ふと口をついて出るのはいつも先生の歌だった。

青うみにまかがやく日や。とほどほし　妣《ハハ》が国べゆ　舟かへるらし

波ゆたにあそべり。牟妻の磯にゐて、たゆたふ命　しばし息づく
　わが帆なる。熊野の山の朝風に　まぎり　おしきり、高瀬をのぼる

妙法山からの帰り途、秋草の咲き乱れる尾根のはるかかなたに、思いもかけず那智の滝を見出した時には、何ともいえぬ感動におそわれた。

　ちぎりあれや　山路のを草莢さきて、種とばすときに　来あふものかも

ふだんは忘れている歌も、そういう瞬間にはまざまざとよみがえり、そんな証拠は一つもないのに、この歌はここで詠まれたのではないだろうか、きっとそうに違いない、などと思ったりした。

　たびごころもろくなり来ぬ。志摩のはて　安乗《アノリ》の崎に、灯《ヒ》の明り見ゆ

とり立てて名歌というのではないが、不思議に心にしみるものがある。先日出版された山本健吉氏の『釈迢空歌抄』にも、この歌が冒頭に掲げられていた。ついでにいうのは失礼かも知れないが、この本は私のような素人にも非常に興味が深く、作者の心のこもった文章は、読んでいる中に、思わず折口先生の足跡を辿りたくなるような気分にさせる。そう思うと、矢も楯もたまら

なくなるのが私の性分で、ちょうど伊勢へ行くついでがあったので、本を片手に私は志摩へとんで行った。勿論、現代の性急で便利な旅行では、往年の詩情は味わえる筈もないのだが、それでも私は、この目で安乗の崎が見たかった。

それは私が想像したとおりの所であった。志摩半島も、大王ヶ崎のあたりは、観光地化しているが、安乗まで行くと、さすがに見物人の影もなく、さむざむとした岩鼻に、小さな灯台が一つぽつんと立っているだけだ。磯には海女が漁《すなど》りに忙しく、北の方には伊勢の山々が重なっている。鳥羽も、磯部も、その蔭にあるのだろう。折口先生は、そちらの方から、的矢湾を横ぎって来られた時、この歌が出来たのだが、その時「私の心は、初めてと言つてよい程、動揺を感じた。併しそれは極めて静かなもので、ちやうど遥かな入り江の涯に見える、灯台の灯りのやうに、深い期待を持たせた」と自註にある。風光明媚な志摩半島の中で、安乗の崎はとり立てて美しいとはいえないのに、いかにも「志摩のはて」という、明るいけれども静かで淋しい感じがする。それが歌の姿によく似ており、私はやはり来てみてよかったと思った。ささやかながら、私の胸にも、小さな明りが一つともる心地がした。

浜べにはわかめでもとるのか、黄と赤のこまかい網が干してあり、それがわびしい風景に一抹の色彩をそえている。帰りがけに、そこを歩いていると、海女が大勢よって来て、うにをくれた。只では申しわけないと思い、二百円あげると、こんなに沢山貰っては申しわけないと、あわびをいくつかそえてくれた。安乗の崎は、そんな素樸な所である。

国分寺跡にもよってみた。安乗から車で十五分くらいの、静かな村の山の上にあり、英虞《あご》湾が一望に見渡せる。私はしばらくそこにたたずんで、「ほうとした」気分に酔ったが、こういう心の安らぎを教えて下さった先生に、いつの日か、私もほんとうに御礼がいえる時が来るであろうか。

（『折口信夫全集』月報第十一号、中央公論社、一九六六年。入朱有）

日本の芸

知人にすすめられて、志ん生全集というレコードを買った。「火焔太鼓」以下二十数篇がおさまっていて、実に面白い。いつ頃録音したものか、私は知らないが、そう古いことではないだろう。周知のとおり、志ん生さんは大病をした為、少々舌がもつれる。もっともそれは今はじまったことではなく、昔からいく分ろれつが廻らないような所はあったが、それが一そうひどくなり、時々忘れて、つまったりする。えーと、何だっけ、ムニャムニャといった調子で、そういう所に何ともいえぬ味があり、おのずからなる間を作り出しているのがこたえられぬ。涙が出るほど笑いころげ、しまいにはほんとうに涙がこぼれて来る。

それはもううまいとか名人とかいうものではない。ぶち割れの井戸茶碗でも見るように、くだけにくだけた芸風は、一体ああいうものを何と呼べばいいのか、私は言葉に窮するのであるが、似たような芸は、他の世界でも見られぬわけではない。たとえば先代三津五郎の踊りとか、梅若実のお能などは、いく分それに近い感じがあった。勿論落語と踊り、ことさらお能とでは、性格が異るのはいうまでもないが、一点非の打ちどころのない六代目に対する、三津五郎の軽妙洒脱さ、先代万三郎のおおらかな芸風に対して、弟実の、時には投げやりと見えるまで奔放な舞いぶりは、光と影のような立場にあったとはいえ、面白いことではしばしば相手を圧していた。そして私はひそかに思ったものである。六代目や万三郎なら誰にでもわかる。が、日本の芸のほんとうの面白さは、もしかすると、後者の方にあるのではないかと。

私が一番よく知っている実さんを例にとると、まるで散歩でもするような足どりで橋掛《はしがかり》を歩いて出た。謹厳そのものの万三郎翁に比べて、その芸風には、遊びがあり、気合いがかかる所では、息をのむような美しさを見せた。晩年には、短かい仕舞なぞで、ちゃんと紋付を着しているのだが、いつの間にか浴衣姿の粋な兄ちゃんみたいに見えて来て……、お能であんな経験をしたのははじめてである。私は誇張しているのではない。お能でも稀にはそういう至芸に接することが出来るのであって、それは先代三津五郎の軽妙そのものの踊り、志ん生のとぼけた面白さと、本質的には違うものではないと私は思っている。

世阿弥は、自分の芸でたった一つ父親に劣った所がある。それは「足利きたるによつて、劣りたるなり」といみじくもいってのけたが、正に志ん生のたどたどしさに通じるものであろう。老年にならないと、そういう所に到達できないのも、日本の芸の面白さといえる。ふつうそういうものを、「枯れた芸」と呼ぶ。が、中にはほんとうに枯れてしまう人もいて、単に老いぼれたのと、枯れたのを取りちがえる場合もある。私がいうのはそんなひからびた芸ではない。現に実さんは、年をとる程舞台の上では若くなり、平家の公達なぞ演じると、実に可愛らしく見えたものだ。一見矛盾するようだが、この若々しさと気楽さが、枯れた芸の条件といえるのではなかろうか。

将来のことはわからないが、そういうものがだんだん芸の世界から、失われて行くような気がしてならない。生真面目な、インテリ風の傾向が目立ち、日本の芸が持つ一種魔的な美しさは、根が危ういものだけに、保って行くのがむつかしいように思われる。狙ったところで、自分のものになるわけではなく、わかっていても、どうすることも出来ない。ただ神のみぞ知る。志ん生さんに聞いてみても、きっとそう答えるに違いない。勿論そんな言葉ではなく、いともさっぱり「あっしにもわかんねえや」と。わかんねえくせに、自分では演じているのが、日本の芸の不思議さであろう。

（掲載誌不詳、入朱有）

4

梅若万三郎

私は万三郎の事を考えて居た。

空は青く、目の前には富士が澄みきった紫にかがやいている。御殿場から一里あまりのぼった所にある父の家、——ここは私が子供の頃大部分の年月を送った所で、雑木林にかこまれた家を一歩出ると広い薄の原のはるか彼方に、万葉以来の平和と高さをたたえて光りかがやく富士が立つ。陽の光も風も時の流れも、一瞬歩みを止めるかと思われる静かな午後、そうした景色の中に身をおいて居ると、ふと私は幼い日が突然よみがえって来るのを身近に感じる。そんな時、散歩でもする様に、……又時には散歩をしながら、のんびり色々の事を考えたり書きつけてみたりする。今も私は、富士のあざやかな色に今更の様に目を見はったり、唐もろこしの葉ずれの音に耳をかたむけたりしながら、ゆきつもどりつ、万三郎の事を考えて居た。

七つ八つ、もしかすると十位になっていたかも知れない、初めて万三郎の能を見たのは。いや、その時が初めてではなかっただろう、多分。しかし何の印象も残さないものは「みたもの」の中に数える事は出来ない。が、これは確かに見たのだった。どうして私はそんなにまで確かな気持がするのだろう、こんな昔の出来事が。それ程私は自分の目を信用しているのかしら、……決してそうではない。私が信じているのは子供の魂なのだ。

その子供の魂はその頃、世の中にたった一つ美しいものがあるのを感じていた。はっきり知っていた。それは他でもない、今目の前に高くそびえるあの富士の高嶺であった。ギヤマンの様に透通る紫の朝富士。曇り日の中にしっとり沈むにび色の富士。嵐の中に立つ富士の、がっしり腰をすえて踏みこたえている有様は、子供心にも英雄の姿とうつった。さては黄金の砂ごに霞む富士。真昼の倦怠にねむる富士。四季折々朝な夕なの富士の姿は、私にとって唯一無二の友であり、美であり、信仰でもあった。

およそ世の中に美しいものといったらまず富士の他には何ひとつ考えられもしない、思っても見ない、丁度その頃お能を見に連れてゆかれた。万三郎の「羽衣」であった。お能は、足は痛しねむくはなるしあまり有難くはなかったが、……「落日の紅は、蘇命路《そめいろ》（染め色）の山をうつして、緑は波に浮島が、払ふ嵐に花降りて」と、扇をかざすあたりからいつしか前にのり出していた。

あるではないか、そこには。あれと同じものが。あの美しいものが。はじめは天冠がふれ合ってチロチロ音を立てたり、美しい面が人の表情の様にみえて来たり、綺麗な袖が左右にたなびくのに気をとられていたが、それ等はすべて目の前から消え失せ、心も空に地を離れて天へのぼって行くのは天人ではなくてこの私であった。「さるほどに、時移つて、天の羽衣、浦風にたなびきたなびく」、くるくるくるくる廻りながら、かずいた袖は雲をおこし霧をおこして私をつつんでゆく。……私は見事に化かされていた。

が、お能というものはそれでいいのだと思う。これ以上どうにもならないという所まで、人を化かす前に念入りに工夫された物を向うに廻して白々しい顔をしてみてもはじまらない。えてして深刻に考えがちだが、裏にどんな細工がほどこしてあろうとも、見物にとってお能は一種のお伽噺にすぎない。が、往々にしてお伽噺は小説よりも面白い。子供が大人より幼稚であるとは限らない様に。

万三郎が死んである人はこう言った。――「あれ程の芸術が肉体もろとも滅びるなんて勿体ない事だ」と。しかし私は言いたい、それが万三郎の、そしてお能の美しさであると。

何も残さないということ。何も残らないということ。それがどんなに好ましいことであるかという事を、万三郎はいつも無言のうちに物語っていたようだ。死んだから残らないのではない、生きている間でも何ひとつ跡をとどめはしなかった。水に書く文字の様に、書いたあとから消えていく。――其処にお能の美しさはあると私は信じたい。そして万三郎は一生をその空なるものに捧げたのであった。何の事はない万三郎は、幽霊の様なものだった、とそう私は言いたいのである。

私は幽霊というものを信じているのかしら……馬鹿馬鹿しい。でも少くとも信じたいのである。お能のシテが幽霊、もしくはそれに近い妖精、或いは魂を失った狂人、目を失った不具者、巫女神がかりのたぐいであるのは、決して単なる思いつきではない。あのぼんやりした物共は中々どうして非個性的であるどころか、気まぐれな人間よりどれ程はっきりした存在であるか解らない。お能を見る度にいつも私はそう思う。そしてこんな風にも考えてみる。——

この世は夢、と嘆じない人が世の中にあるだろうか。人間は仮の姿であると実感しない人があるだろうか。その夢に肉体、すなわち現実性をあたえたものがお能の幽霊と見る事は出来ないものか。外国に行って初めて日本の国がはっきりする様に、又は過去の時代の波に一度おし流されて現在を知る様に、人間を一度殺して幽霊となした時に、反って人間よりも人間らしい形が現れるのではないか、などと。そう云えば、死んだ人は生きた人間よりもはっきりして居る様に思われる。解る解らないは別として、万三郎という人も、死んで初めて私にははっきりなった様な気がするのである。

おまけに幽霊たちは面をつけている。霞のかかった様な表情の面をつけて、現実の社会とは何の交渉もない所に住んでいる。その現実の世界、即ち見物席には、二本足をもってしっかり大地を踏みしめているかの如き様子で私達が万三郎の能を見物していた事になるが、……はたして私達は、万三郎程に、或いはお能の幽霊ほどにしっかりした足どりをして居た事だろうか。とてもそうとは思われない。

万三郎はまるで建築の様にどっかと大地に居すわって居た。富士の山の様に根が生えていた。何処からあの力が出るのだろう。何処にあれだけの力が現在発見できるだろう。封建時代？　或いはそうかも知れない。ほんとうに、そうかも知れない。今私達は不当な鉄槌をあの時代のすべての物の上にくだしているが、今に後悔するのではないだろうか。何の見境もなくふた言目には封建的封建的と、自分に都合の悪い物には皆その名をかぶせる、その声には、戦争中に非国民非国民と叫んだ、あれとまったく同じ調子があるのではないか。そんなやからに便乗されてはさぞかしアメリカ人も乗せ心地が悪いに違いない。それにしても日本人はいつの間にこんなたよりないものになったのだろう。

それは、お能にしても何にしても模倣、模倣、模倣の時代であった。だが今は模倣すら完全に出来ないのではないかしら。それをするだけの根気も体力もなくて、それで独創の創造のと、うわっつらの金切声をはりあげている、どうもそうとしか見えない世の中である。私には真似をする事がそう悪い気だとは思われない、いいものを手本とするならば。少くとも万三郎の力は確かにそこから生れたのだ。その模倣の世界とて少しも私達の世界から変る事ではない、廻り廻っている中にいつしか人は輪廻を離れる。離れられない人は始めから何も出来ない人達なのだ。私は何もそれだけが唯一の道であると思っているわけではない。が、おそれる必要は少しもないと言いたいのである。排斥したり嫌ったりするのは、すなわちおそれている証拠ではないだろうか。事実それはおそれるに足る程の力を持っている。たしかに弱い人間のすすむべき道ではないようだ。

ヴァレリィの書いたドガの言葉の中に、「ミューズ達は銘々自分の仕事に一日中没頭して居るのである。そして夕方になって仕事が済むと、再び一緒になるのであるが、その時彼女達は手を取り合って踊り、お互いに物を言わないのである」。――そのミューズとやらに何と万三郎は似ていたことか。何を考えているなどという事はおくびにも出さなかった。「芸術などいう難しいもの私には到底解りません」といった態度を以てしじゅう押通していた。手軽に芸術を云々する万事お手軽な世の中にその超然とした態度がどんなに立派にみえたか解らない。が、事実、万三郎は芸術を論じる事は出来なかったに違いない。彼にはお能を舞うだけで充分だったのだ。それ程「能」を信じていた。そしてその為に己が身を捧げつくした。これは比喩ではない。彼には自分の肉体以外に「芸術」の在り処はないのだったから。

大分前、五月の半ば頃から、万三郎はもうあぶない、時間の問題である、と何度聞かされたか知れなかった。その度に弟の六郎〔後の二世梅若実〕は「兄の事ですからまだ一ヶ月位は持ちますでしょう」と言って疑わなかった。はたしてお医者の診断よりもこの方がよほど正確だった。それ程万三郎はしんの丈夫な人だった。

その芸も、いささかの神経質な所もない健康そのものの美しさにみちみちていた。肉体をもとでとするこの芸術は、健康な精神だけでは如何ともなしがたい。いつも肉体の美しい動きが先に立って精神をリードする。が、これはお能だけとは限るまい。立派な思想だけでは結局あってもなくても同じ事になる。それは頭の中で生れはするだろうが、日の目も見ずにくさってしまう。そう考えると、文学者の言葉というものも、まったく能役者における肉体と何の変りもないのである。

舞台の上に万三郎の強さをはっきり形に現したものは、あの有名な弁慶であった。巌の如き、という形容がそれには何よりもふさわしいものに見えた。しかし、それは自然の巌の強さであった。万三郎の肉体の現実の力であった。それよりも彼のかつらもの（女の能）は更に更に美しかった。生れながらにして、強さの象徴のような弁慶さながらの肉体が紅の唐織につつまれる時、行き処を失った力は内へ内へとこもり、こもればこもる程強さを増して行く。無表情さながらの面の奥につつめばつつむ程、圧縮されつくして精気は外にほとばしる所を求め、一種の妖気めいた霧となって周囲にただようのであった。万三郎の能を見た事がある方は、面のおもてが生きもの様に汗ばむかと見えるのに気づかれたに違いない。柔と剛。この二つの正反対の物があい合する瞬間、——そこには息づまる程の美しさが現れるのであった。そこにはたしかに電気に似た物が出来上っていた。「秘すれば花なり。秘せずは花なるべからず」。世阿弥の言葉が雲の様に湧きあがってくる。それはもう言葉ではなかった。いいえやっぱり言葉なのだ。万三郎の能は「言葉」であったのだ。

小さい頃私が仕舞をする時、万三郎はよく袴をつけてくれたものだった。いかにも勿体ぶって、丁重に。そうして私はにわかに上手になった様な気がするのだった。小さい私だけかと思っていたら大きな大人の能役者達も言っていた。万三郎先生がちょっと直しただけで、ちょっとさわっただけで、もう別人の様な気がします、と。――万三郎は、「インスピレーション」であったのだ。

何につけ物々しいのが万三郎であった。楽屋内でも人込の中でも、どこかに、誰か、違う人間が一人居る、とてつもない物がまじっている、そういった空気をふりまいていた。

「万三郎伯父はいつも床の間を後ろにしょっている様な人でした」と、梅若家の若い人々は言う。そのとおりである。漠として大きい、はっきりしていながらつかみ所がない――それをそのまま受け入れるより仕方がない。それが万三郎という人なのだから。

ある人が、「名人と言えばむしろ六郎の方が上だ」とも言った。この兄弟はことごとに比較される。それ程反対でもあり、それ程両方とも傑出しているからと言える。たしかに六郎は名人に共通の潔癖性にとんでいる。はげしくもある。それだけに自分の腕にたよる。何事も神様の思召しのままに、といった調子の万三郎に比べてこの人ははるかに多くの、芸術家としての苦しみを知っているに違いない。けれども、万三郎こそ生得の能役者、生れながらの名人、と言い切る事に私は何の躊躇も感じない。

又、万三郎の剛に対する六郎の柔、と言って人は簡単に片づけている。が、私はそんな事は信じない。巌と水、そのどちらがかけてもお能はなりたたない。いや、お能ばかりではないだろう。不易と流行は俳句の上の事のみではない。

ある時「蟬丸」の能をした時、逆髪は万三郎、蟬丸は六郎で、兄弟が姉弟の役をつとめた。その前夜二人してお酒を飲んだが、芸を大切にする六郎は早く寝についたのに、万三郎は明け方近くまでぐでんぐでんによっぱらった。まわりの人達は心配した。が、万三郎は聞かない。案の定翌日舞台に現れた逆髪は宿酔のいとも苦しげなしゃがれ声だった。それにも拘わらず見物はこう言って感心した。「さすがは万三郎だ。六郎の美声の裏をいってしぶく出た」と。

あらゆる場合に万三郎は得をした。する事なす事皆善意に解釈された。万三郎の名におされて、何でもかんでも感心しようと決心している愚かな見物を笑う事はない。それよりも、何をしてもよく見える、どんな事をしても美しくみえる、そういう人間を考えた方がいい。

舞台芸術の事だからたまには不出来な事があっても仕方がないのだが、感心しないまでも万三郎の能にはいつも好感がもてた。よろこびにあふれていた、と言った方がいいかも知れない。そして都合のいい事には、お能は作品が後に残らない為に、人の記憶にはいいものしか残らない。見ている間よりも後になってからよくなる事さえある、――そういうお能こそほんとうに美しいと言えるのではないかと思う。無理に記憶するまでもなく、いいものだけがよみがえって来るというのは、自然の月日が余計な付属物をふるい落してしまうからに違いない。ちょうど古典文学がそうである様に。

田子の浦ゆうち出でてみれば真白にぞ富士のたかねに雪は降りける

万三郎の能は万葉のうたを思わせた。たゆむところなく一つの長い息でうたいあげていた。子供の魂に大人の技巧。万三郎はその二つをかね持っていた。彼は子供じみた大人でもなく大人じみた子供でもない。

すべて美しいものは説明や解釈をよせつけもしない。せめて万三郎に一言半句でもあったなら、と思ってもみる。が、結局は同じ事なのだ。ついに彼は無言であった。ミューズであった。そしてかぐや姫の様に、誰の物にもならなかった美を抱いて、天人は遂に空へかえってしまったのである。

万三郎の死。それはしかし珍しい事ではない。松風の亡霊と現じて消え、夕顔の花と咲いて散り、私は何度となくその死を目にしてきた。いいえ、……生れないものは死にもしなかったのだ。万三郎はいつも生きている、私の目の前に。つねに新しく、若く、美しく。

ああ、世阿弥の言う「寿福増長のもと」とは実に彼、梅若万三郎の事であったのだ。

（「文藝春秋」一九四六年十月号）

鐘引

「道成寺」の能は、シテもさる事ながら、鐘引の役ほどむつかしい物はない。さればこそ番組の上にも、シテと並べて、必ず鐘引の名を書くならわしになっている。

それ程重要な役目が、何の為にあるかと云えば、ただ鐘を落すだけ。その瞬間の為に存在するのである。先ず、狂言方によって大きな鐘が舞台へかつぎ出される。龍頭《りゅうず》に巻いた太い綱を解いて、それを天井の環に通すまでが狂言の役目。つりあげるのは後見の役だが、長裃の男四五人、声なき掛声もろともまん中高くグッと引きあげる。沈黙のうちに、作法どおり茶のおてまえよろしく、物事はすらすら運ぶが、何しろ相手は三四十貫もあろうという大もののこと。竹やら竿やら綱やらの力仕事なのだから、仰々しいばかりでなく、只ならぬ緊張した気配に、舞台と言わず見物と言わず押されてゆく。ピンとはった綱に全身の重みをかけて、鐘はゆらゆらなか空に、やがてピッタリ鳴りをひそめる。

シテも又、息をひそめて現れる。何か胸に一物ある様な、伏し目がちの妖花一輪。踊りの道成寺は、これに比べたらどんなに陽気か。もっとも能がかりの「船弁慶」や「土蜘蛛」に比べて、がっくり目先を変えてこなれているせいか、一段と見事であることは否めない。しかし、それはまったく別のものである。別物であるから成功するのだが、能の「道成寺」はもっと薄気味のわるい、女の執心、――蛇そのままの冷たさを外に、内に火を燃やす変化《へんげ》のたぐいである。踊りが真昼の花の盛りなら、これは月に散る桜にもたとえられよう。「花の外《ほか》には松ばかり、暮れ初めて鐘や響くらん」。陰にこもった声とともに舞台が引きしまると、それを合図に乱拍子にかかる。鼓とシテの一騎討ちである。巌をつらぬく鋭い気合いで打込む鼓を、シテははっしと受け止める。はずす。つく。身をかわす。ある時は軽く受け流し、返す力で切りつける。ぼんやり見ていたら眠たくなるが、心して見れば、この無言の仕合刀を持たぬ真剣勝負ほど悲壮なものはない。息苦しくて、つらくて、目をそむけたくなる。こうまでして芸道を築きあげた人々の、悲しい覚悟がおもいやられて。……見物相手の演技ながら、まったく見物を無視するような。そこには、戦うものの陶酔しかみられない。私達見物はそっちのけで、二人は息をはかり合っている。相手の、ではない、自分の呼吸を、力を、息をころして見つもるのだ。

と、秤の平均が突然くずれる。ガラガラガラと天地は裂けて、……急之舞である。「立ち舞ふやうにて、ねらひ寄りて、撞かんとせしが、思へばこの鐘、恨めしやとて、龍頭に手をかけ、飛ぶとぞ見えし」、間髪を入れず、鐘が落ちる。半身大蛇と化した女体は、そのまますいこまれる様に、鐘の中へ。

ここでちょっと説明を加えれば、舞台ハス横よりシテは鐘を見込み、烏帽子を払い落すや一直線に鐘の下へ走りこむ。と、鐘が、ズッズッと目の前へさがる。高くても低くてもいけない。早すぎればぶつかるし、遅すぎればシテは向う側へ通りぬける。これは面の目からは見えない為で、その鐘へ手をかけ正面切っていらだたしい拍子を踏み、踏み切る足で床をけってとびあがる。とたんに、鐘が落ちる。そういう順序であるが、この間五秒。シテが飛びこむのと、鐘が落ちるのは同時で、――というのはやさしいが、「同時」というのは案外幅の広いもので、シテが吸いこまれる様に鐘の中へ姿をかくす、とみえるのは容易な事ではない。毛ほどの違いが、すべてを台なしにしてしまう。この責任はすべて鐘引一人にあり、両者の間には、呼吸をはかるまも、間をとるひまもありはしない。しかも、いわば二段におとすのだから、ある時など、いったんさがったその勢いで、鐘の重さにズルズル引きずられてそのまま落ちた事もあった。鐘引がうまく行くときは、とびあがる刹那まっこうから落ちて来る鐘に、身体ごと床にたたきつけられるという。その時は必ず成功したと思っていい。何れにせよ、見ていては、中々想像もつかぬ事があるというのは、それは何にしてもそうだろうが、殊に鐘引などという簡単な仕事は、単純すぎて教えようにも教えられないに違いない。

十年ばかり前の事だった。もう何度か「道成寺」は見て、見あきて、一度あの鐘をおとす所が見とどけたいものと思った。何度も見ていながら、いつも乱拍子の緊張から、ガラリ場面が一変するや、ただもうあれよあれよというばかりのだらしなさ。何度もみていながら、小説をくり返し読むと同じ様に、同じ所に来て同じ様に驚く。珍しくて驚くのではない。そういう所へ持ってゆく、そういう風にもりあがる、だから必然的に驚くのである。今日は心を動かすまいぞ。――舞台などはそっちのけで、私はひたすら鐘引ばかりにらみつけていた。鐘引は、梅若実（当時六郎）だった。

暮色蒼然となりゆくままに、さらでも白い実氏の顔は引きしまって青白く変ってゆく。シテは長男の景英である。一つ間違えば命にかかわる。何の事はない、現代のウィルヘルム・テルと言いたいところ。たった一人、今は放つばかりの綱を手に半身に構え、鐘をみすえたその眼からは、めらめら焔もたつかとばかり。男一匹渾身の力を、この一点、この一刹那にかけて、長袴を蹴って立つその姿は、すさまじいといおうより、たとえようもなく美しいものにみえた。逼迫した空気の中に、思わず私は身ぶるいした。生きている、ああ、生きている、生きている。はっきりそれを感じつつ、唇を嚙んでふるえていた。とたんに、パッ！　と鐘が落ちた。パッ！　といったのは、梅若実だったか。それとも、火花を目に見たのか。とにかく、何かが爆発した。私はへとへとに草臥《くたび》れた。

それから十年たった。去年の秋のことである。又実さんが鐘を引くというので、この前の興奮が忘れられず、又ぞろ素晴らしいみものが見られるぞと、舞台に近く座をしめた。あんまり近よっては、綜合的な能というものは見られない。それには距離が必要である。しかし、そんな事はもうどうでもよかった。鐘引を、鐘引を、それだけ見ればいいのだった。ところがどうした事だろう。期待はみごと外れたのである。

私はしょい投げをくらわされた。そこには見るべき何物もなかった。何事も起こらなかった。平然とつねの物腰で、顔色も変えないし、眉一つ動かさない七十の老人が、無表情に座っている。「ふだん着」という感じだった。長袴の裾もさばかなければ、烈々とした気魄など。……静かな面に汗一つなく色一つ浮かばず、鐘などどこにあるのやら。今か今かと待つうちに、まったく何てこともなしに事は終った。鐘は地ひびきを立てて、勝手に一人でおっこちた。

何だつまんない、というのが私の本音である。今でもそう思っている。しかし、十年前だったなら、もしかすると見落したであろうあるものを、この時しっかと受けとめた様に思った。当時の実さんは、全身焔となって火を吐いた。吐こうと思えば吐ける火を、今はひたがくしに秘めて人に知らせない。闘志などというものはどこへおき忘れたのか、及ばぬまでも、昔は手蔓とも云いたい様な、足がかりがあったものを、もはや取りつく島とてない。達人から名人になったのだ。これこそ真に美しい、——と云って何てこともない、——完成されたものの美しさではないだろうか。

十年の月日は、梅若実を変え、又私をも変えた。折角のみものが見られずがっかりしたが、それ以上に、私の心はたのしかった。静かであった。どうせ死ぬなら、こういう風に死んで行きたい、——帰るみちみち、私はそんな事を考えた。

（「三田文學」第三十八号、一九五〇年）

実先生の映像

実先生の思い出を書けということですが、私にとって先生の舞台姿は「思い出」というものではありません。永久にそういう形はとらないでしょう。たしかにお能は、その時かぎりのものですが、私達の心に、何かしっかりと刻みつけた演技は、相手が生きていようがいまいが、生涯忘れることは出来ません。忘れるどころか、それはいよいよ鮮やかに、美しく、心の中で育って行くようです。実先生は、そういう映像のいくつかを私に遺して下さいました。このことはいくら感謝してもしきれない気持がいたします。

私のお能見物は、厩橋の舞台とともにはじまります。戦災で焼けた舞台ではなく、大正の震災前の古い舞台ではっきりした年月は知りませんけれど、その舞台抜きが行われたことがあります。六郎先生が子方をしていられましたから、たぶん私が六つか七つぐらいの頃でしょう。その時、実先生が、翁と翁付きの養老を、六郎先生の天女で舞われましたが、他にも数番あったに拘わらず、それだけしか覚えていないのは、よほど、感銘が深かったに違いありません。

といって、むろん子供のことですから、何が何だかわからない。筋や美しさとは無関係に、ただお能というものは何と気持のいい、颯爽としたものか、という印象を受けたのです。これは今時囃される「幽玄」な気分とは程遠いものですが、そういう所から、自然に入って行けたのは、今にして考えれば、仕合せなことではないかと思っています。

子供の直観というのは、意外と正しいものです。大人のように、よけいなことを考えないからでしょう。まことに、実先生は、その初印象どおり、竹を割ったような性格で、その為に色々御苦労もあったようですが、実生活でも舞台の上でも、はっきりした信念を持ち、安易な妥協におちいることがなかったのは、人間としても見事なものだと思います。

舞台の上で、それはたとえばこのような所に現れました。当時先生の芸風は、その外面の優しさから、三番目物役者として通っていたのですが、実は四番目物において、真価を発揮することに、早くに気づいたのは、坂元雪鳥氏と山崎楽堂氏でした。たとえば「葵上」の「沢辺の蛍」と見廻すところ、「善知鳥《うとう》」の鳥を打つ場面、「阿漕《あこぎ》」の網を使う型、そのような箇所では、余人の追従を許さぬものがありました。一つには面を扱うのが巧みだった為、そういう型が生きたともいえますが、それは面を使う技術にたけていたということではなく、何かしらそれ以前の、内部に矯めておく力があって、それがここぞという時にほとばしる。出し切ってしまう。技術といえばそれも技術の中ですが、気性として、そうしたことが、胸がすくように出来た方だと思うのです。

先日『能面』の本を出した時、私は実先生の「藤戸」の前シテの写真を使わせて頂きました。

ワキの語りが済んで息子が不法にも殺された事実を知り、「わが子返させ給へ」とつめよって行く場面です。そうした所の先生の型は、型という言葉を使うのがはばかられる程、気魄に満ち、能面が凄い迫力で、生気をおびるのもそういう瞬間でした。

写真という機械は便利なようでも、そのような空気をうつすのは殆ど不可能ですが、写真家の吉越さんの腕がいいのか、それとも実先生の気性の烈しさがレンズをも貫いたのか、実に見事にとらえられ、多くの方々からお褒めの言葉を頂きました。中でも福原麟太郎先生からはわざわざお手紙を頂き「藤戸のおばあさんには胸をつかれました。……こういう演技が可能なのかとびっくりしました」と見なかったことをくり返し悔んでいられましたが、それにつけても、会いがたき至芸に、しばらくふれることの出来た私は仕合せ者だと、改めて感謝した次第です。

たしかに実先生の魅力は、そのような「危機的瞬間」にあったと思いますが、「砧《きぬた》」の前シテなどで、御承知のように「砧」の前シテは「風狂《かぜきやう》じたる心地して、病の床に臥し沈み、つひに空しく」なる所で終るのですが、ツレを従えて、橋掛を去って行く後ろ姿には、絶望のはてに死んで行くものの哀れが滲み出て、幕がおりた後でも、見物はしばし釘づけにされました。総体的にいって、引っこみの巧い方で、「安達原《あだちがはら》」でも「山姥」でも、幕がおりた後に、鬼気せまるものが残り、その余韻は今でも私の心の中にひびきつづけているようです。

そのものに成り切る、という点では、実先生は能楽師というより、天性の役者だったといえましょう。兄上の万三郎氏もそうでしたが、今の「砧」でも面の中では泣いていられましたし、万三郎氏と共演の「仲光」などでは、兄弟揃って涙にまみれての熱演でした。下手な人だったら、忽ち型が崩れて見られない所ですし、お能の場合感情に溺れることは許されないことですが、そこが芸というものの不思議さで、演じている自分が劇中の人物の心理や葛藤に巻きこまれても、それをどこかで冷静に見守っているもう一つの自分があり、決して前者に左右されるおそれはない。むしろ、すすんで巻きこまれた方が効果的であり、能面はその為にあるといっていいのです。お能が象徴的で、ひかえ目な演技であればある程、主人公に共感することは大切だ。お芝居以上に必要だ。そう私は思うのですが、近頃のお能に欠けているのは、すべての演劇の根本にあるそういう一途な情熱ではないでしょうか。

だが実先生の鋭さや気魄も、晩年には影をひそめ、もっとふっくらした芸風に変って行ったようです。生意気ないい方ですが、一廻り大きくなられたといいましょうか。「葵上」を例にとると、昔は六条の御息所《みやすどころ》の凄艶さが目立ち、それはいかにも美しいものではありましたが、晩年の芸には、もはや六条御息所という個人はなく、舞台は葵上の寝所から、はるかに広々とした、たとえば平安朝という一つの世界にとけ込んで行くように見えました。「菊慈童《きくじどう》」とか「自然居士《じねんこじ》」とか、「花月」や「経政《つねまさ》」のような軽い曲が、実に面白く見られたのも、お年を召してからでした。若々しい少年が、何の屈託もなく遊びたわむれているという風で、「東岸居士」の能を直面《ひためん》でなさった時には、ある若い評論家が、その最後の場面で、両手で円を描いた姿は「金をのべた如くであった」と評したのを覚えています。

いうまでもなく「金をのべる」とは、芭蕉が俳句の理想の姿をいった言葉で、実先生の晩年の姿には、芭蕉の軽みや、良寛の書に共通する、もっと言えばモオツァルトの音楽にさえたとえたくなるような、充実した軽快さが感じられました。殊に忘れられないのは、中野のお家の敷舞台で、「絃上《げんじょう》」の囃子を舞われた時、一緒に見ていた私の友人が「まるでそこらの兄さんが、手ぬぐいを肩に吉原へ遊びに行くみたいだね」と、感嘆のあまりそんな表現をしましたが、その手放しの自由な舞いぶりには、幸福感がみちあふれ、お能を見ていることさえ忘れさせるものがあったのです。

このようにとらえ所のない気楽さは、近頃のお能に馴れた見物には、或いはお気に入らないかも知れません。が、お能の究極の美しさは、お能を超えた所にあると私は思います。それは美術にも音楽にも文学にも通じる美しさで、私個人のことを云えば、物を見る上に書く上に実先生の舞台姿が、どれ程指針となっているかわかりません。そういう意味で、私は今でも先生のお弟子です。先生は未だ生きつづけていらっしゃる。忘れることの不可能なものを、何で思い出すことが出来ましょう。

（掲載誌不詳）

世阿弥の芸

今年は世阿弥の生誕六百年に当るとかで、方々でお祭りや催し物が行われた。俳優座でも、世阿弥の芝居をやり、大そう受けたという評判だった。

だが、私はそのどれにも行かなかった。別に仔細があるわけではない、気が向かなかっただけの話で、そういえば、近頃、お能もあまり見ないのである。

この方には理由がある。最近とみにつまらなくなったからで、先代の万三郎や実、弓川《きゅうせん》や兼資《かねすけ》が生きていた頃と違い、何となく芸が陰気に、理窟っぽくなったように見える。ほんとうはそうじゃなくて、此方が昔の情熱を失った為かも知れないと、何度も思い返してみるのだが、やはりそれだけではないらしい。たとえば万三郎の「羽衣」で、ワキの漁夫からようやく衣を返して貰い、「あらうれしや候。こなたへ賜り候へ」というところ、万三郎は突拍子もない程、声をはって謡ったが、とたんに舞台は喜びに満ち、あたりを紅に染めあげるように見えたものだ。ああいう華麗な雰囲気は、もう今の舞台には見られない。

また、万三郎の千手、実の重衡で、二人のはかない恋が、琵琶と琴の合奏という形で、象徴的に語られた後、夜明けとともに重衡は罪人として、再び都へひかれて行く。「はやきぬぎぬに、引離るる、袖と袖との露涙」で、行く重衡と、止まる千手の前が、シテ柱の所で一瞬すれ違う。互いの袖と袖が、ふれるかふれないで離れて行く瞬間、そこにはこぼれるような色気と、無限の思いがにじみ出たものだが、ああいうこまやかさも今日の舞台にはない。総じて、色気というものが、まったく失われた感じがする。

極くふつうな意味で、桜間弓川などは、色気から程遠い人だったが、「融《とおる》」の能などで、白装束の大臣《おとど》が、笏《しゃく》をかまえて幕からするすると出たあたり、全身に月光をあびたような、あの恍惚とした姿を、では何と名づけたらいいのだろう。幽玄と、世阿弥はいった。そして、幽玄とは、今の言葉でいえば色気より他の何物でもないことを、世阿弥はその書物の中でくり返し説いているのだ。たとえば、「姨捨」の能は、老女物であるが、老女にも色気は必要だといっている。勿論、そんな言葉は使ってはいないが、こんな風に表現する（傍点と括弧は私がつけた）。

> 姨捨の能に、「月に見ゆるも恥づかしや」、この時、路中に金を拾ふ姿あり。申楽は、遠見を本にして、ゆくやかに、たぶたぶとあるべし。しかるを「月に見ゆるも恥づかしや」とて、向かへる人（ワキ）に扇をかざして、月をば少しも目にかけで、かい屈みたる体にあるゆゑに、見苦しきなり。「月に見ゆるも」とて、扇を高く上げて、月を本にし、人をば少し目にかけて、おぼおぼと（おぼろおぼろと）し、為納《しをさ》めたらば、面白き風なるべし。〔申楽談儀〕

老女だからといって、やたらにちぢかんだのでは、見苦しい。月に恥じる気持で、扇を高くあげ、相手を少し見やりながら、縹渺《ひょうびょう》とした風情に舞いおさめれば、面白かろうというのである。また、「恋重荷《こいのおもに》」というのは、老いらくの恋が主題だが、「この能は、色ある桜に柳の乱れたるやうにすべし」といい、こうした例はあげたらきりがない。だが、言葉というのは生きものである。それは時代とともに成長し、老いて行く。世阿弥の幽玄も、六百年の年月の間に人に使われて味がつく陶器のように、古び、苔むし、勿体ぶったものに変って行った。味がつくのはいいことだが、つきすぎては汚くなる。幽玄という言葉も、人手を渡り歩く間に、今やそういう茶道具に似て来た。それにはもはや室町時代の、うぶな面影はない。幽玄と聞くと、この頃では気恥かしい思いがし、洗剤でもぶっかけて、ごしごし洗い、はじめの姿に還したいと思うのは私だけであろうか。

世阿弥の時代に、色気という言葉はなかったが、「色知り」という言葉は使っている。芸術論ではないので、あまり人の注意はひかないが、「申楽談儀」の中に、次のような話がのっており、私ははじめて読んだ時、大変面白いと思った。

　この道は、礼楽にとらば楽なり。人の中をにつことなすべし。しかれば色知りにてなくは、住する時節あるべし。鹿苑院の御思ひ人、高橋殿〈東洞院の傾城なり〉、これ万事の色知りにて、ことに御意よく、つひに落ち目なくて果て給ひしなり。上の御機嫌をまもらへ、酒をも強ひ申すべき時は強ひ、控ふべきところにては控へなど、さまざま心づかひして、立身せられし人なり。かやうのことは、世上に沙汰することを記す。世子、かやうのところ、ことに名人なりとて、皆々褒美あり。

「色知りにてなくは、住する時節あるべし」とは、まことにふくみのある表現で、色好みなら、ものに執着するだろうが、まことの色知りは、自分の慾望など捨ててしまう。「申楽談儀」は、世阿弥の次男元能《もとよし》の聞き書きで、高橋殿という女性のみめ形など、一つも記されてはないが、この短い文章の中に、ほうふつとさせるものがある。それはきっと「月に見ゆるも恥づかし」という風情の女であったろう。「かやうのことは、世上に沙汰することを記す」とあるのは、将軍家への遠慮で、世阿弥は子供の時から、しじゅう彼女を身近に見なれていたに違いない。名人は、名人を発見する。物真似の天才の天才たる所以は、あらゆる所に手本を見出したことにあると思うが、——もう少しはっきりいってしまえば、世阿弥は生れつき人からぬすむことの名人だったが、高橋殿の一挙一動は、幼い彼に「芸」というものの本質を教えたであろう。身は、「鹿苑院の御思ひ人」の嬖童《へいどう》でいわば彼女とは同じ立場にあった。うわべは華やかでも、しょせん卑しい河原者にすぎない。「大和猿楽児童、自去頃大樹寵愛之、同席伝器、如此散楽者、乞食所行也」(後愚昧記)とまでさげすまれたのでは、いかに稚《おさな》い少年といえども、身を切られる思いがしたことだろう。それが世阿弥を不屈な人間にしたて上げたともいえるが、現代の能楽の諸先生に欠けるのは、創始者の味わったそういう悲しみと辛さではないだろうか。完全無比な古典として世界に誇る文化財として、大事にされた能楽は、あまりに高級な芸術になりすぎた。「人の中をにつことなす」、あるいは又「住するところなき」精神を失い、完璧な形式と技術の上に安住して、むつかしい顔を観客にしいる。その点、新劇に似なくもないが、新劇界はつとにそのことに気づき、そういう状態から脱出しようと懸命である。

世阿弥が作り上げた形式も、法則も、本来そうした目的の為にあるのではなかった。何といってもお能は、見物相手の、力ない、その場かぎりの芸である。どこにも確信が持てないという確信のもとに、定められたのが、お能をめぐる多くの約束であり、型であった。

たとえば「能には、序破急という芸の密度を律する法則がある」。一日の番組も、一曲の構成も、一つの型も、詞も、それに則って作られている、と識者はいう。たしかに、そうに違いない。だが、世阿弥の場合、ほんの少し違うのは、それが絶対的な法則ではなく、時によってはばらばらにほぐせる融通性をもっていたことだ。このほんの少しの違いは、実は大きな違いなので、それはたとえばこんな場合に物をいった。

――お能がはじまって、見物も演者もだんだん興にのり、破急ともいうべき気分になっている時、突然将軍などが見物席に現れることがある。能は、既に、急に至っているのに、将軍の気持は序である。序の心で、急の能を見たところで、面白い筈はない。のけ者にされたような気がするに違いない。ところで、見物の方はといえば、これも偉い人の御入来で、気をそがれ、折角興にのった座敷も、舞台も落着きを失って、ざわざわした序の気分に返る気配がある。本来なら、そこですべてを序に戻して演じるべきだが、それも何となく恰好がつかない。そういう大事な時節に当っては、特に心をひきしめて、破の位の能を、気持の方だけ少し序にひき返して、しっとりと演じてみせれば、必ず将軍の心に叶い、将軍の気持がほぐれて行けば、しぜん座敷は再び破急の華やかな気分になって、興にのった雰囲気を取戻すだろう――というのである。

ここでも世阿弥は、「また座敷を破・急に、にこにことしなすやうに」説いているが、ほんとうの玄人とは、こういう芸をいうのだと思う。でなければ、序破急なんて意味がない。そして、そんな風に何でも自由にこなせた玄人にとって、最後にのぞんだ理想の境地が、これは又驚くべきことにまったく手放しの、素人のおたのしみに似たことも、我々日本人としては、銘記すべきである。

物まねに、似せぬ位あるべし。物まねを窮めて、その物にまことになり入りぬれば、似せんと思ふ心なし。さるほどに、面白きところばかりをたしなめば、などか花なかるべき。たとへば老人の物まねならば、得たらん上手の心には、ただ素人の老人が、風流延年（の席）なんどに身を飾りて、舞ひ奏でんがごとし。もとよりおのが身が年寄りならば、年寄りに似せんと思ふ心はあるべからず。ただその時の物まねの人体ばかりをこそたしなむべけれ。

断っておくが、これは「花伝書 別紙口伝」の中の一節で、応永九（一四〇二）年に書かれたと推定されている。世阿弥三十八九歳の頃の体験である。

（「學鐙」一九六三年十二月号。入朱有）

遠見

ある週刊誌から、こういう電話がかかって来た。

「あなたはよくお能のことを書いているが、古典芸術の中には、現代の若い人達の生活に、生かせるものがある筈だ。それをひと言でいってほしい」というのである。

たしかに私は、お能が好きではあるが、それは楽しみの為にやったので、何かに利用しようと思ったことはない。時々頼まれて書くことはあっても、そう簡単に生かせるものなら、とっくの昔に自分でやっていた筈だ。で、そんな器用なことは出来ないとお断りしたが、古典もついにインスタント・コーヒーなみに堕したかと、内心感慨無量なるものがあった。だが、そういう風潮をとがめだてするのも、同じ程インスタント的な考え方ではないだろうか。何しろ相手は若いのである。見当は少々狂っていても、彼等の中に折角芽ばえたものを摘みとりたくはない。さすがに電話口では、断らざるを得なかったが、これは何かの折に答えねばならないと思っていた。それで、このお席を拝借したいと思ったが、さて、どこからはじめていいのか、一向視点が定まらない。

私の前には、なだらかな多摩の丘陵が、青葉の中にけむっている。最近とみに目が悪くなったので、よけい煙って見えるのかも知れない。が、遠くの景色を見ることは、目の健康にもいいそうで、波うつ翠を眺めながら、漠然と、世阿弥の「遠見」という言葉を思い出していた。すると突然、あれはきっと目が悪くなってから出来た言葉に違いない、という考えがひらめき、あまりの唐突さに、私は思わず苦笑した。

勿論、そんなことは出鱈目だ。が、他にいい考えも浮かばぬままに、少時その言葉を味わっていると、まんざら根も葉もないことではなさそうに思われて来た。幽玄とか花とか初心は有名である。が、遠見という言葉は殆ど人に知られていない。平凡な言葉なのと、「花伝書」より後の方で現れるので、人目にふれないせいだろう。それはたとえばこんな場合に使われている。

「無上の上手は、おのづから、物かず身心より、舞歌の風義の遠見あらはるる所にて、なほなほ面白くなり行く也」。

「女体の舞、ことに上風にて、幽玄妙体の遠見たり」。

「遠見などもなき山河のほとりに、誠に影もよるべも、たよりなき道行ぶりの、云々」いったように、文字どおり「とお見」の意に解していいが、「眺め」といっても間違ってはいないだろう。が、先にもいったように、私の記憶では、世阿弥がしきりに用い出したのは、老人になってからで、ことに「世子六十以後申楽談儀」では「申楽は、遠見を本にして、ゆくやかに、たぶたぶとあるべし」と、重要視するに至っている。昔は舞台が戸外だったので、実際にとお見がいいことも必要だったに違いないが、姿から出たこの言葉は、やがてはっきりした思想と化し、作曲の上に応用されて行く。

――「布留」という曲で、シテとワキの問答から、ふつうなら、布留の剣の謂れにうつって行くべき所を、わざとはぐらかして「初み雪、ふるの高橋」とうたうのは「遠見を本にするゆゑなり。もとぎ（素材）に名所のほしきは、かやうの遠見のたよりのためなり。……『初み雪』と謡ひぬれば、やがて『布留』（降る）が出で来て、能になるなり。実盛に、髭洗ふより、順序ならば、合戦場になる体を書くべきを、『また実盛が』など言ひて、入端（終）に戦うたる体を書く、かやうの心得なり。また二切れにて（前後二段に）入り替はる能は、書きやすきなり。そのままする（一段の）能には、目に離れたるところを書くべし。これ大事なり。それがなければ、ぬなりとしてわろし。松風村雨などぞ、そのままにて入り替はりたる（一段の）能なる。『憂しとも思はぬ』、言ひ捨てて、ひそとしてあるところなり」。

簡単にいえば、性急にすべてを語ろうとしてはいけない、間をもたせて、いわば一歩退いて「目に離れたるところ」を書くならば、最後のキリの場面は、いっそう引立つというのである。別の言葉でいえば、物には時間が必要だという意味で、これは人生の経験を積んだ人にしか、こうはっきりとはいえないと思う。

昔私は、謡の文章というものを、軽蔑しきっていた。今でも特別いいと思っているわけではないが、それはうたい物であることと、更には舞い物であることを忘れていたが為だった。御承知のように、謡には、「初み雪、ふる」といったような掛言葉や枕言葉が多く、大部分それで出来上っているといっても過言ではない。が、それは常に全体の効果を考えているからで、このことは、舞ってみるとよくわかる。たとえば今出て来た「松風」の「憂しとも思はぬ」は「汐路かなや」につづくのだが、その前にロンギというサワリがあり、シテの松風はここで桶に汐を汲む。そして、「さし来る汐を汲み分けて、見れば月こそ桶にあれ」と、先の方の桶を見、また「これにも月の入りたるや」と前の桶を見、「月は一つ」と半身になって月を眺め、「影は二つ」と再び桶に視線を戻し、「満つ汐の、夜の車に月を載せて、憂しとも思はぬ」で、後ろを向き、手にもった汐汲車の紐を落した後、「汐路かなや」と捨拍子を踏んでおさめる。

そこが世阿弥のいう「ひそとしてあるところ」だが、下を見れば上を見、また下を見るように作曲してあること、一つ、二つ、満つ（三つ）、夜と、流れて行く耳ざわりのよさなど、姿と謡が完全に一致することに気がつく。極端なことを云えば、謡は、むしろハンパであってよく、ハンパでなくては「能に成」らない。これは作者にとって、ずい分我慢と工夫が要ることだろう。世阿弥の文体の美しさは、したがって謡の歌詞にはなく、「花伝書」その他芸術論の中に見出される。

それにしても、例の「ひそとしてあるところ」で、汐汲車の紐を捨てるとは考えたもので、――それも落すともなくハラリと落すのだが、囃子も謡も型もここで一瞬空白となる。見物席からもほっとした溜息が聞えて来る。お能は、緊張した場面も美しいが、こんな風に気をぬく瞬間も捨てがたい。実際には、気をぬくわけではないが、見る方には、心のゆとりを与えてくれる。勿論、このような姿は、世阿弥以前からあったものに違いないが、それをしっかりととらえ、一つの型に造りあげたのは世阿弥であり、理論づけることによって、いよいよ明確なものに育まれて行った。作曲や型の上ばかりでなく、能面に現されたのも、正に「遠見」としか名づけられない放心的な表情である。そういう面をつけながら、今そのことを忘れているのは、不思議なことに能楽師だ。近頃、芝能とか野外能とかいって、時々戸外で能が行われるが、広い場所では、もっと遠見的な演出が工夫されていいと思うし、手近のお弟子相手の演能ばかりでなく、もっと大衆の中に進出することが計画されてもいい。そういう例はきりなくあげられるが、根本の原因は、伝統芸術の名に甘え、枝葉の技にかかずらっているからで、これは専門家のおちいりやすい陥穽《かんせい》である。

だが、長い生命を保ったものが、そうたやすく失われる筈はない。先日お能の写真家のYさんという人が、私に、こんな話をしてくれた。――お能の写真を撮影していると、カメラを通して見る癖がつく。それがとても面白いんです。小さなレンズを通してみると、肉眼で見るより、能面の表情はずっと鮮明で、実にこまかい変化をする。それはもう、目が離せなくなってしまいます。が、僕はそんな時、そういう見方はいけない、結局、いい写真も撮れない、そう思って、努めてカメラから離れ、肉眼で見物するようにしているのですと。

お能の伝統は、意外な所に生きていたのである。お能というより、日本の伝統というべきかも知れない。私はきものの商売をしているが、ある染物の名人も、同じようなことをいっていた。――加賀友禅の線を描いていると、こまかいので、つい手元ばかり見つめてしまう。そうすると必ず硬い線が出来上る。古い友禅の、あの柔かい、自由な線を出すのには、手元は見ずに、少し離れた所を眺める、それがわたしの秘訣ですと。

「目のをさめ様は、常の目よりもすこし細様にて、うらやかに見る也。目の玉を不動、敵合近づく共、いか程にも遠く見る目也」。これは宮本武蔵の有名な言葉だが、武蔵や世阿弥の天才を待たずとも、まともに仕事と取組んでいる人達は、皆何らかの形で、同じものをつかんでいる。それが伝統というものの姿であろう。あとは才能次第だが、やがて若い世代の人々も、自分の経験から理解することはやさしく、理解したものを身につけるのは、全然別の行為であることを知るに違いない。だから少々見当違いでも、そういうものに興味を持ちはじめたのは、喜ぶべきことなので、私が生かしたいのは、伝統よりむしろ彼等の方なのだ。伝統は、私達が望むと望むまいとに拘わらず、きっとどこかで生きつづけることだろう。それは私の関知する所ではない。

（「學鐙」一九六四年六月号、入朱有）

「井筒」のふる里

周知のとおり、「井筒」の能は世阿弥の作で、「伊勢物語」第二十二段「つつゐづつ井筒にかけしまろがたけ」の歌に題材を得ている。舞台は大和の在原寺で、ワキは旅僧、前シテは里の女、後シテは一応紀有常《きのありつね》の息女の幽霊になっており、薄《すすき》をあしらった井戸の作り物を出す。一応といったのは、「紀有常の娘とも、または井筒の女とも」と自分で断っているように、その性格は最後まではっきりせず、見ようによっては、井戸の精霊、もしくは水の神と解してもさし支えないからである。

お能は仏教の中でも特に禅宗の影響をうけたといわれるが、そんなことをいうなら、浄土宗も日蓮宗も時宗も入っており、中でも修験道の影響がもっとも強い。このことは、世阿弥の生い立ちと切り離しては考えられない。お能は神事から発展した芸能で、必然的に神仏は混淆していたが、その本質にあるものは神道で、それも中世のややこしい神学ではなく、古代さながらの自然信仰であった。井筒の作り物一つとってみても、井戸は神聖な意味を持つものだし、薄は稲穂を表すと同時に、神の依代《よりしろ》であることを語っている。

シテはこの井戸を中心に所作をする。謡も終始井戸と水に関する話から離れない。そういう言葉を繰返し聞かせ、見せることによって、シテが霊的な存在であることをわからせて行くのだが、前シテの終りの場面では、「紀の有常が娘とも、または井筒の女とも」と名のった後、「筒井筒、井筒の蔭に隠れ」てしまう。別の言葉で言えば、ここでシテは一旦死に、新しい生命を得て甦るのである。

後シテは、業平の形見の直衣《のうし》を身にまとい、武官の冠をいただき、黄金造りの太刀まで佩《は》いて現れる。形見の衣を着るというのは、故人の魂を身につけることを意味し、お能にはしばしば用いられる方法である。いわば女と男が二重写しになった、そういう姿で思い出の舞を舞っているうち、最後に焦点がぴたり合い、女は業平その人に化してしまう。その場面は、「さながら見見《みみ》えし、昔男の、冠直衣は、女とも見えず、男なりけり、業平の面影」と、井戸に水鏡を映したとたん、女は男に変身するのである。お能は前シテと後シテの二段構成になっているように見えるが、実は三段に分れているのであって、名もない里の女が、業平の愛人に変身するだけでなく、しまいには業平ひとりに昇華される。井筒のほんとうの主役は、したがって、業平だったともいえるであろう。

先日私は、世阿弥が育った大和の結崎《ゆうざき》という所へ行ってみた。国道二十四号線を少し西へ入った川西という村落の中にあり、郡山の筒井から真南に当る。初瀬川、龍田川、曾我川、葛城川など、大和中の河川が合流する地点で、大和平野が湿地帯であった当時の面影を残している。村の中心には糸井神社という社があり、所々に美しい古墳が点在して、遠くの方に三輪山も望める。こんなひなびた村が未だ大和にはあったのかと、私は一種の感慨にうたれたが、世阿弥に関する遺跡は、「面塚」と呼ぶ碑が建っているだけで、ほかには何も残ってはいない。

「葦原の中つ国」と呼びたくなるような、水と葦しかない川岸に立って、私は縹渺とした昔に思いを馳せた。今天理から大阪へは阪奈街道が走っているが、古くは石上《いそのかみ》神宮から河内へ、ほぼ同じ道筋を龍田街道が通っていたようである。その道にそって、業平姿見の井、十三塚、龍田川、高安の里などがあるが、筒井筒というのも一般名詞ではなく、筒井の地名を詠みこんだのではなかろうか。謡曲では、「風吹けば沖つ白浪龍田山」の歌も、紀有常の娘の作になっているが、「伊勢物語」ではただ「女」とあるだけで、「古今集」でも「読人知らず」になっている。「伊勢物語」自体が、業平の作でないことは、今日では一般の常識となっているが、世阿弥の時代には、業平の自伝と信じられ、謡曲に取入れられるに至って、決定的なものになったと思われる。龍田神社や広瀬神社がある水郷に幼時を送った彼は、業平の伝説とともに、水の神の信仰が根づよく植えつけられていたに違いない。石上、筒井、斑鳩《いかるが》、そして龍田から高安へぬける古代の道、そうしたものに業平の映像が重なって、「井筒」の能は生れたのである。

在原寺は、現在天理市櫟本《いちのもと》にあり、結崎からは国道をへだてた東側にある。この辺一帯は、昔は石上神宮の境内で、在原寺も石上寺《いそのかみでら》と呼ばれていたらしい。室町時代にさえ荒れてわからなくなっていた寺が、阪奈国道で更にせばめられ、細長い境内の中には、好事家によって作られた「井筒の井」、「ひとむら薄」などが、わずかにお能によりかかって命を保っているように見える。

こんなものなら、いっそ何もない方がさっぱりしている。世阿弥はある日、ふとここを通りかかって、荒れてはいても風情のある寺のたたずまいを見、土地の人に尋ねたのではなかったか。そして、業平の邸跡であることを知り、彼の中に蓄積されていた幼時の記憶と体験が、一時に甦ったのではあるまいか。「井筒」の能は、私にいわせれば一つの歴史である。業平の姿を借りて現れた、古代の水の神の復活に他ならない。世阿弥は晩年を、女婿の金春禅竹《こんぱるぜんちく》の家で送ったという。金春家の本拠であった竹田という村は、結崎のすぐ南にあり、この辺の水郷地帯を歩いてみると、一代の名優の魂が、依りどころを求めて、未だに浮游しているように思われてならない。

（掲載誌不詳）

薪能今昔

私がはじめて薪能を見たのは、奈良の春日神社の「おんまつり」で、博物館のわきのお旅所で行われた。芝生の上で舞うので、その頃は「芝能」といい興福寺のを「薪能」と呼んだように記憶している。その時の感動は未だに忘れられない。神さびた春日の杜を背景に、明滅する篝火《かがりび》のもと、「葵上」の御息所の生霊が、影の如くに姿を現した瞬間、これがお能だ、幽玄というものだ、と私は思った。私は物心もつかぬうちからお能を見ており、多くの名演技にも接したが、それは何か別の次元のもののように感じられた。

考えてみれば、昔、お能は戸外で行われていた。能楽堂ができたのは明治のことで、舞台は吹きさらしの中に建ち、室町時代以来少くとも五百年の間は、野外での鑑賞に堪えるべく作られていたのである。それが能楽堂の中に入って、まったく変らなかった筈はない。芸はいよいよ洗練を極めたに違いないが、失ったものも大きいのではなかったか。近頃は薪能がはやっているそうで、面白い現象だと思うが、無意識のうちに大衆は失ったものを求めているのではあるまいか。

特に若い人たちの間で、お能に興味をもつ人たちが多いのは、あまりに合理的で、スピーディで、機械化した世相に対する一種の反動ではないか、と私は思っている。

同じ薪能でも、今度は神社仏閣の境内ではなく、日比谷シティで催されるのは興味がある。実は私も知らなかったので、先日その場所を見に行った。いつも通っている内幸町の交叉点のビルの谷間で、こんな所にこんな空地があるとは夢にも知らなかった。正にこれこそ東京砂漠のド真中の真空地帯である。林立するビルにかこまれた空間に立ってみて、奇妙なことに私は、深山幽谷にいるような孤独感におそわれた。ことに夜ともなれば、恐ろしい程の寂寥を感じるに違いない。その暗黒の谷間に、あかあかと篝火が焚かれ、舞台だけに照明が当って、梅若丸の亡霊や、「安達原」の鬼が出没する様を描いて、私は慄然となった。明るすぎる能楽堂の舞台の上では、現実ばなれのした鬼や亡霊も、ここでは真に迫って恐ろしく、時には哀れに見えるのではなかろうか。

たしかにこのような企画は冒険である。だが、冒険をしないで何が面白かろう。地方の祭りが観光化されて、無味乾燥になりつつある今日、いわば毒をもって毒を制する工合に、逆に都会の谷間の中で薪能が催されるのは極めて意義のあることだ。それは幾百年の星霜を経た古典芸能の底力を試す場ともなり、能楽師にとっても、長年の訓練が物をいう晴れの舞台ともなるだろう。

大げさにいえば、近代文明の暗黒に、徒手空拳で立ち向うほどの気力をもって舞ってほしいものである。

（日比谷シティ「薪能」パンフレット、一九八二年）

5

ペルシャ展を見て

ペルシャについては、昔から、郷愁に似たあこがれを持っていた。東と西が交錯する地点に生れた文化には、現在の私達の生活にも共通するものがあるからだ。今度、ペルシャ展を見て、そのあこがれは十分満たされたが、同時に、中国や日本のものに見られるような、はっきりした人間の歴史が、感じられない、コツンと胸にこたえるものがない、そういう一種の物足りなさも味わった。

紀元前三千年の土器と、十六世紀の精巧な器も、同じレベルで、同じ感覚で、美しい。ギリシャに占領されると、ギリシャ風になり、明から染付が輸入されると、中国風になる。何処の国でも起ることだが、他の国の場合は、そこに自然の抵抗というか、まごう方なき自分の体臭が加わるとともに、新しい道がひらけて行くのに、ペルシャはうわべの影響を受けるだけで、実質的な変化は少しもともなわない。私が今、人間の歴史が感じられないといったのはそういう意味で、これを説明するのは難しいことだが、しいていえば、ペルシャには非常に古い歴史はあっても、その美術品には、一人の人間が、生れ、育ち、老いて行く「時間」が感じられないという意味である。

たとえば、陶器のブルーは、ペルシャからたぶん宋の時代に中国へ渡ったが、やがて明の染付となって、再びペルシャへ入って来る時には、ほとんど昔の面影をとどめてはいない。それは新しいブルーであり、中国の創作である。ペルシャはそれを素直に美しく受け入れるが、横の連絡はあっても、縦に深く掘りさげる何物もない。文字どおり、そこは東西の交差点であり、混血児の美しさである。美しいのは確かだが、苦労して、買ってまで付合う必要はない、写真で十分わかる美しさだと思った。

実は、そんなことを思ったのも、その直前に高島屋で、日本の陶磁展を見て漠然と考えていたことが、まざまざと形の上で見せつけられたからである。ペルシャに比べたら、日本のそれははるかに見栄えのしない展覧会だった。が、そこには自分の国の美術に対する愛着とはまた別に、何か心を打つものがあった。中国という大先輩を真似て、同じものを作ろうとするが、巧くゆかない。風土と技術、財力と気質が違うのだ。時には巧くゆかないために、かえって面白いものが出来たりするが、しょせん一地方の民芸にすぎない。どれ一つをとってみても、未熟ないら立たしさと、手さぐりの苦労の跡が見える。が、何百年にもわたって、こねくり回しているうち、桃山時代に至り、ついに自分を発見する。茶器である。それはふつうの意味で美しいとか、面白いとか、いえるものではなかった。技術の不完全と手さぐりの体験を生かし、お茶を入れて実際に飲んでみなければ、朝夕一緒に暮してみなければ、到底つかめぬ秘密を底にかくしていた。

菊池寛の小説で名高い忠直卿は、家康から「初花」という茶入れを送られた。大坂夏の陣の恩賞に、当座の引出物として賜ったのである。ところが、恩賞の方は、いつまで待っても音沙汰はない。家来の手前、のっぴきならなくなった忠直は、ついに拝領の茶入れを微塵に砕いて、彼等に与え、間もなく配流の身となったという。真偽のほどはさだかではないが、そういう伝説がつくられたのも、自分の心を割ってみせることを意味したからであろう。到底、展覧会にふさわしい陶器ではない。

（産経新聞、一九五八年七月二日。入朱有、原題「混血児の美」）

東欧の旅から

ハンガリー人の親切

あるハンガリー通の男性が言いました。

「もし僕が若かったら、断然ハンガリーの女性と結婚するね」。

またブダペストで会った公使館員の夫人もハンガリー人は単に親切なだけではない、いちいち心にしみわたるようなそんな温かいところがあると言っています。

私のハンガリー滞在は一週間ぐらいで、そんなに深くつき合うひまはありませんでしたが、それでも昔から「ハンガリー人の親切さ」と呼ばれるものには、たびたび出会う機会がありました。たとえば道などわからないで困っていると、そこらにいる人々が十人、二十人と集ってきて教えてくれるだけでなく、わざわざ目的地まで連れて行ってくれたりします。それも外国人に対する物珍しさとか、お節介からではなく、親切なばかりか大変礼儀正しいのです。

またこういうこともありました。ブダペストは音楽が盛んで、オペラ・ハウスは三つもあり、音楽会も至るところで催されているのですが、ひと通り見終った後、ある晩ミュージカル・コメディーを見に行ったことがあります。ところが、それはあまり面白くなかったので、一幕で出て来ましたが、ブダペストにはタクシーがほとんどありません。借りていた自動車の運転手には、終るころ——それはいつも十時半ごろですが、迎えに来てくれと頼んであります。言葉は一言も通じないし、困ったな、でも、ええままよ、と出口の方へ歩いて行くと、そこに運転手が待っていてくれました。

どうしたのか、聞いてみると、マダムは音楽がお好きだ、どういうものが気にいるか、わたしは知っている。今晩のこれはあまりすすめられないので、たぶん途中で出てくるに相違ないと思って、一幕目の終る時間を聞いて来たのです、とそういうことでした。

なんでもないことですが、そこまで気を遣ってくれる運転手がどこの国におりましょう。私の通訳をしてくれたのは、美しい中年の女性でしたが、彼女の気の遣い方も、やたらに気ばかり遣うというのではなしに、心のこもったものでした。この国民性がどこからきたか。たしかに、ただのお人好しでもなければ、交際上手なのでもありません。

行ってみてはじめてわかったのですが、戦争中、それから一九五六年の動乱と、ハンガリーが受けた傷手は想像を絶するほどひどいものです。ふつうなら、そこで人の気持もすさんでしまうところ、彼女は逆にこう言います。「私はずいぶん悲しい目に遭いました。親も兄弟もなくしました。けど、それは私だけでたくさんですわ。こういう仕事を選んだのも、少しでも外国人に、ハンガリーを知ってもらいたいのと、それから楽しい旅行をしてほしいからです。私にとって、唯一の慰めは、人が喜んでくれるのが、一番うれしいのです」と。たぶんそれはハンガリー人全体が思っていることなのでしょう。

古い文化をもつ彼らが耐えているのは、新しい主義ばかりとは言えません。ご存じのようにこの国は、古くからモンゴル、トルコ、オーストリアなどに何百年もしいたげられてきました。それはいわば忍従の歴史です。私たち個人の生活でもそうであるように、ただそういう人たちだけが、ものに耐えている人々だけが、人の心も知り、他人に共感がもてるのではないでしょうか。彼らの前には多数をたのんだ社会正義も、権力を得るための人道主義も、みないかがわしいもの

楽器をかなでると身ぶりよろしく踊り出すクマをつれて、子どもたちに喜ばれている町の人気者（ブダペストにて著者撮影）

東欧の旅では、みずからカメラを手にして、さまざまな情景を写しとった

に見えてならないのではないでしょうか。

（産経新聞、一九六一年一月七日）

ルーマニアの民芸

ハンガリーからルーマニアに来ると、にわかに明るい気分がします。同時に、いなかに来たという感じです。ヨーロッパの都市は、どこでもはっきり郊外と区別され、いかにも「町」という特別なたたずまいをしているものですが、ここでは飛行場から、いつとはなしにずるずるブカレストへはいってしまう。「さあ、ホテルへつきましたよ」といわれて、びっくりしたようなしだいです。

それだけに、のんびりしており町中が公園のようにうつくしい。中心から十分ぐらい行った所に、湖がいくつもあり、古いお城が静かな影を映していたりします。

ここは民芸の盛んな国で、私は半分その用事で行ったのですがことに農家はうつくしく、さまざまの織物や陶器などで飾られています。またそういう博物館も市内に二つ三つあって、いずれもととのったものですが、その中の一つにビレジ・ミュージアムというものがあり、あたかも自然動物園といった工合に、広い地域に、各地の農家を地方別に移し、それがおのずから公園のような形になっています。

これは大変いい考えだと思いましたが、いずれもある民家や、ひなびた教会や、その中の飾りつけなどを見て回るうち、なるほど面白い、便利だ、と感心しながらも心のどこかでは、人間の住んでいない家というものは、なんて変なものだろう。おナベからどびんまで、ととのっていればいるほど、冷たい感じがするではないか。そうささやくものがあり、しまいには薄気味わるくなって、私はこの「村」から逃げ出してしまったのです。

それと似たようなことが現代の工芸品一般についても言えるのでした。工芸、というよりそのあり方です。ルーマニアではお天気がよく、招いて下さった対外文化協会も親切で、方々旅行させてもらいましたが、織物や、ししゅうや、陶器の伝統のある村では、仕事場もゆっくり見ることができ、これは何より興味がありました。

共産国家では、このようなものも一種のコルホーズ化されており、四五十人の女性たちが集って、楽しそうにおしゃべりをしながら仕事をしています。あまり昔とは違いそうもない風景です。ただ違うのは、畠に境界線がないように、手仕事にも境界がなく、みな与えられた一つの仕事に専心し、上手、下手の差別なく、働く時間によって一定の賃金が支払われる。生産は必然的に向上し、内職は単なる内職ではなく、国家が買い上げてくれる――ことで保証され、みやげ品として今では大きな役割をはたしている。と、何から何までいうことなく結構ずくめなのですが、肝心の作品の方はどうかといえば、あまり感心しないのです。悪いこともないが、昔――といってもつい二三十年前のものほど美しくない。ようするに、おみやげ物を出ないのです。昔ほどよくないのは、日本でもいえることでしょうが、それともやや違って、何か大切なものが欠けている。それを愛情と名づけたら、古いと笑われそうですが、自分が着たいと思って織り、恋人に着せたいと思って縫った、そういう喜びを失っているのです。

だから千篇一律で、個性がない、厚味がない。「何か古い作品はありませんか」とたずねると「外国人はみんなそんなことばかりいう」と笑われました。それは何も疑わない、無邪気であけっ放しな笑いでした。が、私は彼らにいいたい。なぜ、外国人が古い民芸を好むのか、そこのところに考えをおよぼしてほしいものだと。

共産国家ばかりでなく、文化関係の仕事を、政府が指導しようとすると、しばしば反対の結果を招くのは、私たちも、よく考えてみなければならないことだと思います。

（同、一九六一年一月八日）

満足しているブルガリア

ハンガリー、ルーマニア、ブルガリアの順に回って、共産主義というものが一番無理なく行われているのは、ブルガリアだという印象を受けました。いずれも、一二週間の短い滞在でしたから、私は間違っているかもしれません。が、そういう感じを受けたのはほんとうで、それはたぶん、彼らがソ連と同じスラブ人種であること、ハンガリーなどと違って、語るに足る古い文化もなく、経済的にも極端に貧しい国であったこと、大ざっぱにいえばそういうところに原因はあるのでしょう。彼らのソ連に対する親密感はオールドマン・イヴァン（イヴァンおじさんというほどの意味）という愛称を与えていることでもわかりますが、十九世紀の終りに、長いトルコの圧制から解放してくれたことを思えば親切なおじさんのように思うのも、ごく自然な人情でありましょう。

不思議なことに、物事が自然に行われているとき、国民も（他の国ほどには）いい所ばかり見せたがりません。一つには、通訳兼ガイドについてくれた男性が、そんな仕事には惜しいほど教養の高い、話の通じる人間だったからかもしれませんが、共産圏はどこへ行っても、コルホーズばかり、それも観光用の見世物じみた所ばかり連れて行かれて、少々あきあきしていた私に、ふだん着のままのブルガリアを案内してくれたのは、何よりありがたいことでした。

ブルガリア、ペロシュティッツァ村の託児所の子どもたち（著者撮影）

あるときは、予定の見物もほったらかして、託児所の子どもたちと遊んでしまったり、ぶどう酒の工場では、工場なんか見もしないで労働者たちと飲んだり、どうせ私のすることですからロクなことはなく、ずいぶん迷惑もかけたと思うのですが、いやな顔をするどころか、自分も面白がっていっしょに遊んでしまうところなど、まことにスラブ人らしくて愉快でした。ヨーロッパには、ブルガリアン・ホスピタリティー（親切なもてなし）という言葉がありますが、そういう態度こそほんとうに心のこもったもてなしといえるのではないでしょうか。

託児所は、ペロシュティティッツァという小さな村に立ちよってみたのですが、両親が、畑へ出る前、八時半ごろから子どもたちをあずけて、夕方家へ連れ帰るとか聞きました。遊び場の設備も整っており、昼寝のベッドも清潔です。こういう所で一日送れるのは、親にとっても安心ですし、子どもたちもどんなにか楽しいだろうと思いました。

が、部分的なことは別として、現在のブルガリアは、ようやく食物が十分になったという段階で、それだけで満足しきっているように私には見えました。たしかに、それだけでも大したことですが、旅行者にとって困るのは、食べ物がやたらに大量なだけで、大変まずいことでした。おいしいか、と聞くので遠慮なく、まずい、と答えると、彼らはとても不可解な顔をします。おいしいということが何か、満腹感とどう違うか、知らないのです。食べ物だけでなく、すべての点で、そういうところは気の毒に感じました。

「何が不足か」聞いても、そんなことは考えたことがないらしく、急には答えられません。「そんなに、あなた方は満足してるのか」。なおも追及するとかろうじて「時間のないこと」など答えるのも、あながち言論が不自由なゆえでもなさそうです。が、やがて満腹にもあきたとき彼らは知るでしょう。ブルガリアにとって、ほんとうにむずかしいのは、それから先の将来のことではないかと思います。

（同、一九六一年一月十日）

京の味 ロンドンの味

この頃は年のせいか、食べることがたのしみになって来た。旅行に誘われても、何かおいしいものがない所だと、行く気にもなれない。といって、特別な御馳走がほしいわけではなく、魚でも野菜でも、極く平凡な、土地でとれる、その時期のものがあれば満足なのだが、このやさしいことが、この頃では、だんだんむつかしくなって来た。

たとえば、そら豆一つとってみても、殆ど年中食べられる。温室で栽培した、冬のそら豆がおいしい筈はない。が、因果なことに大好物なので、出されるとしぜん手が出てしまう。そして、ほんとうにおいしいそら豆が出る頃には、新鮮味を失って、ほんとうのおいしさが味わえない。で、最近はそら豆ばかりでなく、しゅん以外のものは食べないことにしているが、意地汚くなる為には、その位の我慢も必要なのである。

田舎に住んでいると、変な風に贅沢になって来る。豆類とか青い野菜、それにお米の味みたいなものに敏感になり、いつとったものか、いつ精米したものか、何となくわかるようになる。ことに、そら豆や隠元などは、半日たつともう変る。ついでのことに書いておくと、――こんなこと誰でも御存知と思うが、そら豆はさやごとゆでた方がおいしいようだ。むくと、それだけ香りが逃げてしまう。お米の場合でも、できるなら、必要なだけ、極く少しずつ精米するに越したことはない。籾《もみ》なんてものは、始末に困るものだが、実によく出来たものだと、いつも感心する。

もうじき筍も出はじめる。貧弱な竹林で、とても京都のような立派な筍はとれないが、京都から送って来るのよりはるかにおいしい。どんなに上等でも、そこでとれたものには敵わないのである。

それで感心したのは、中央線の中津川の駅弁で、ふつう汽車のお弁当は、値段のわりに、おかずが沢山ありすぎ、それに色がついたりして、薄気味わるいけれども、これには値段だけのものしか入っていなかった。

玉子焼と塩鮭の他は、肉と牛蒡《ごぼう》のお煮つけに、ぶつぶつ切った沢庵と、蕗のつくだにが添えてあるだけで、いかにも今山でとれましたというような味と香りがあり、いつか「あまカラ」に紹介したいと思っていたが、それが果せたのはうれしい。もう四五年も前のことだが、あのお弁当は今でも作っているだろうか。

私は、休養の為に、――というよりもっぱら食べる為に、疲れた時は京都へ行くことにしているが、宿のおかみさんは、そういう私の好みをよく心得て、おいしいお惣菜をこさえてくれる。ことにお弁当は上手なので、ピクニックに行くのがたのしみだ。菊菜の白和え、若狭のぐじ、玉子焼に高野豆腐、時に肉のつけ焼きといったような、書いてしまうと至って平凡なおかずだが、凝りに凝った料理より、お惣菜をうまく食べさせる方が、私にはずっとむつかしいように思われる。近頃名所は雑踏するので、どこという当てもなしに、運ちゃん任せで車を走らせて行くと、古い御陵とか、長岡京のあたりには、静かな所が未だいくらでも残っている。そういう場所に、車をとめて、日向ぼっこをしながら、お弁当をひらく時ほど心安まることはない。

いつか、橿原《かしはら》の神武御陵へ行った時は、あまり若葉が美しく、酔ったような心地になったので、どこか静かな所はないかと人に聞かれる度に、すすめることにしているが、後で感想を聞いてみると、みんな狐につままれたような顔をする。何か曰く因縁がないと、近頃の人々は納得しないのであろうか。何はなくとも神武御陵なら、歴史に不足はない筈だが、白木の鳥居と若葉だけでは、だまされたような気がするらしい。このことは、盛り沢山の御馳走でないと満足しないのと、何やら関係がありそうだ。こと新しくいうまでもないが、大覚寺のお豆腐も、好きなものの一つで、広々とした大沢の池を眺めながら、一杯飲む気分は格別である。反対に、天龍寺のお豆腐を食べさせる所は、山がせまって、おおいかぶさるような紅葉が美しく、同じ嵯峨のお豆腐を使っているらしいが、景色が変るだけで、味が異るのも面白い。

そんなことをいっている中に、もうじき鮎の季節が来る。鮎だけは、皆お国自慢で、自分の所のが一番おいしいと信じて疑わないらしいが、鮎のない東京人の、公平な意見をいえば、これも京都の清滝が一番おいしいように思う。

私も鮎は随分方々で食べたが、そう大きくなくて、皮が薄く、味がこまやかなのは、さすがは古い都である。いつか愛宕の鳥居下の平野屋へ行った時、どんな所で捕るのか、聞いてみたら、同じ清滝川でも流れがあって、ある特定の岩の陰に一番いい鮎がひそんでおり、漁師はそれを知っていて、一種の権利みたいになっているという。今でもそうか、私は知らないが、成程ありそうな話である。

「折にふれば、なにかはあはれならざらん」と兼好法師はいったが、食べ物にしても、丁度いい時に、丁度いい物を出される程うれしく思うことはない。話は英国にとぶが、ある時、飛行機がおくれて、真夜中についたことがある。友達の家に泊っていたが、「何もないけれども、お腹がすいてるといけないから……」と遠慮がちに、とびきりのシェリーと、スモーク・サモンを出された時はうれしかった。ぺこぺこだったのである。

主人は古い家柄の貴族で、お城のような家に住んでいたが、コックもメイドも寝て了ったからといって、自分でお給仕してくれたのは、それ以上の御馳走であった。この人は、ウィスキーでもブランデーでも、今まで味わったこともないようなお酒を持っているので、どこで手に入れるのか聞いたら、すべて入札で買うのだそうで、だからレッテルなんかはってあるのは一つもない。英国では、お酒も骨董並に扱われるのである。

誰でもいうように、ロンドンは料理がまずいので有名だが、ここの家はすばらしく、連れて行ってくれるレストランも、おいしかった。ドーヴァ・ソールだけ食べさせる家とか、かきだけの店とか、そして夜遅く店を閉めた後で、全部の従業員を集めて、一緒に飲むのが、この殿様のたのしみらしかった。

店の扉をおろすのを合図に、いく分恥かしそうに、こっちへきて一緒に飲め、という素振りをする。と、台所やスタンドの陰から、老人のコックや若い給仕達が、そろりそろりと集って来る。お互いにあまり口はきかないで、お酒をたのしむという風に、静かな世間話がやりとりされ、和やかな空気がみなぎるのが、何ともいえず気持がいい。そんな風な付合いだったから、もしかすると、料理も特別なものだったかも知れない。が、相手も人間である以上、そこに人情の薬味が加わるのは当り前なことで、料理がまずいロンドンでも、もし望むならおいしい物が食べられることを、私は英国の人の為にも弁じておきたい。大体、お酒がわかる人達に、料理の味がわからないなんて法はないのである。

（「あまカラ」一九六三年五月号）

法隆寺展にて

戦争以前のことだった。はじめて法隆寺の金堂の蛍光灯がつき、壁画の模写がはじまっていた。それまでぎゅうぎゅうづめに並んでいた百済観音や玉虫厨子などは宝蔵にうつされ、内陣にはわずかに本尊の釈迦三尊と四隅に四天王の像が残されていた。むろん壁画が焼ける前のことで、櫓の上に一人の絵かきさんが黙々と仕事をつづけていたが、私が入って来たのを見ると、それまで壁を照らしていた照明をぐるっと廻して、仏像の上にあてて下さった。いつもは懐中電気をたよりに、さぐる様にしか見えなかったものが、この時忽然と青白い光の中に浮び出た。そして、私は知った、いかに部分的にしか見ていなかったかを。殊にそれまで目もくれなかった四天王が、金色の本尊を真中に、四方をへいげいして立てる姿は、美しいというより気味悪いまで厳かだった。邪鬼を踏まえた不動の姿勢は、ここに黙したまま千年の年月、聖徳太子の思想を護る四天王の名にふさわしく、次の時代の躍動的な、力を外に現した写実的な神様より、はるかに強いものを感じさせもした。

——そんな事を思い出しながら私は、三越の法隆寺展へ入って行った。入ったところに、おなじみの像が二つ並んでいる。広目天と多聞天である。その後に、夢違観音がいつも変らぬ微笑をたたえて、あどけない姿で立っている。何もかも昔のままだ。変ったものは一つもない。それだのに、どうした事だろう、あれ程強い印象をあたえたその同じ仏像が、今日は何の感激もなくボソッと見える。さむざむと肩をすくめて、見物人がじろじろ見るのを、無関心な態度で眺めている。そういう表情の前には、私も無縁の衆生の一人にすぎぬ。私は、来たことを後悔した。

今年は春日、興福寺、東大寺、法隆寺と、ひきつづき国宝展が行われた。一応文化国家として結構な催しであったけれども、こう手軽に扱われてみると、見る方でも次第に手軽になるのは仕方がない。といって、何も仏像を公開することに反対なわけではない。ただ、こういう機会に、まるでダイジェストでも読むように、日本の美術とか、文化という大問題を、簡単に解ってしまって貰いたくないだけのことである。そしてこの頃は「こういう機会」があまりにも多すぎる。本来なら求める筈のものを、反対に追いかけられる様な気がしないこともない。しかしそれには経済的な理由もあって、寺社側ではせめて「こういう機会」をつくって宣伝でもしないかぎり、食って行けない所まで追いつめられていると聞く。坊さん達の言いわけを聞くと、そもそも仏は衆生済度の為にあるのだから、大衆の中に交わるのこそ本望、などという。が、ガラスばりのケースの中に、重要文化財のレッテルをはられ、商品然とした仏像を見て、一人でも済度された者がいるだろうか。反ってこちらが救いの手をのべたくなる程、痛ましい存在に見えはしないだろうか。

物を、理解することはやさしい。お経を読めば、信仰のない者にも解るのである。しかしそれでは解説を読んで、美術が解ったつもりになるのと同じことで、美も、信仰も、そんな所にはない。買物のついでにちょいとのぞいて見て、「法隆寺はいいね、夢違観音は実に美しい」では、宣伝の役目も完全にははたさないであろう。法隆寺は、それだけで済んでしまう。誰が、面倒くさい、奈良までなんか行く必要がある。

　昔は巡礼ということをした。近所のお寺でお説教を聞いていても同じことだのに、じっとしていては済まされぬ、止むに止まれぬおもいが彼等を駆った。自分の足でもって歩く、目的はお寺に詣り仏様を拝むことにあったが、歩くというその行為に、すべての秘密はふくまれている。雨露をしのぎ、嵐に耐え、命がけで辿りついた所に拝む仏は、たしかにガラス越しのそれとは違ったものに見えたに相違ない。信仰というものは（そして美というものも）、そこに辿りつくまでの、忍耐と努力の中から生れるものではないだろうか。慈悲深いのみが、仏ではない、神でもない。時には取りつく島もないほど冷酷になり得るものが神様なのだ。

　文化人というものが、多くを読み、多くを知るだけで足れりとするなら、私は文化人などになりたくはない。四天王のうち、特に広目天と多聞天が選ばれたのは皮肉である。まさか文化財保護委員の洒落ではあるまいが、本と筆を手にした広目天も読んで字の如き多聞天も、ともに仏教の守護神にはなれても、学問や知識が邪魔をして、ついに仏と成り得ぬものの姿である。本尊のない百貨店の陳列場で、選ばれたこの代表者達が、信仰を失った見物人を前にして、退屈そうに見えるのも無理はない。しかしそう思ったのも一寸の間で、人波にもまれて、やがて私は外に押し出されていた。

（「文藝春秋」一九五三年一月号）

洛西の御陵

私は取材のために殆ど毎月京都へ行くが、仕事を持っていると、どんないい景色に接しても、心の底からたのしむわけに行かない、そんな時私は、息ぬきに御陵へおまいりする。御陵はいつも静かだし、観光客にわずらわされる心配もない。大抵は寺院の裏山の少し奥まった所にひっそりと鎮座し、宇多野から西山へかけては特に沢山見られる。

嵯峨への行き帰りなどに、一番好んでおまいりするのは、後宇多天皇の御陵である。蓮華峰寺陵ともいう、広沢の池と大覚寺の中間の山ぞいにあって、美しい竹林にかこまれており、ここまで入ると、街道筋の喧噪も聞えず、広々とした野べのかなたに嵐山が遠く霞んで見える。鎌倉末期の天皇なので、御陵はさして大きくはないが、参道の両側には清らかな堀をめぐらし、夏は睡蓮の花が咲き、秋は紅葉が影をおとしている。いつ来てみても清らかな御陵だが、中でも中秋の名月の美しさは忘れることが出来ない。

数年前の初夏の頃、西山の帰りに立ちよった時には、お堀の中に真白な花が群がり咲いていた。

折よく番人の方が見え、その花の名を「三白草」と教えて下さった。が、白いのは実は花ではなく、葉の一部で、毎年梅雨がはじまる頃になると、先の方から一枚ずつ白く変って行き、三枚白くなると梅雨が明けるといわれている。

花もないことはないが、見る影もない小さな房で、花というより蕊《しべ》に近い。思うにそれは葉が変色することによって、花の代用をはたしているのであろう。あまり美しいので、少々頂きたいと思い、御陵守にお願いしておくと、お堀の水がえをした年に、わざわざ根わけして宿まで届けて下さった。京都の人達は、そういうことに関してはまことに親切である。大事に東京へ持って帰り、植えておいたらよくついて、毎年春になると勢いよく芽を出す。そして、三枚の葉が白くなると、梅雨があける。

その度毎に私は、はるかな想いを北嵯峨の野べに馳せるのである。(「京」第十七号、一九七一年)

古都のこころ

京の心を、ひと口でいい表すなら、「おほきに」という言葉につきると思う。お芝居に誘っても、食事に招いても、「へえ、おほきに」といわれる。「おほきに」有りがたいのか、「おほきに」迷惑なのか、どちらかと聞いてもまたしても「おほきに」で、とこうするうち、出かける時間が来て、はっきりしないままに結局向うの都合のいいようになってしまう。東京には、いや、外国にもこんな便利な言葉はあるまい。

私が泊っている宿屋のおかみさんは、十五年ほど前に亡くなったが、かつては有名な祇園の舞妓で、舞妓は何でも「おほきに」といっていればよい、よけいな口をきいてはいけないと、きびしくしつけられた、と語っていた。これは大変な知恵であり、文化だと思う。心ある人は寡黙なものだし、心の浅い人も喋らなければぼろは出ない。饒舌の世の中には、ことさらその感を深くする。古歌にもいう。

そこひなき淵やはさわぐ山川のあさき瀬にこそあだ波は立て　――素性法師

（掲載誌不詳、入朱有）

神仏混淆

福原麟太郎先生の『芸は長し』という御本の中に、「三輪」の能についての感想がある。ここにひかして頂くと、

「例へば三輪といふ能が、現在の我々の生活に関連があるとは、とても思へない。むしろ殆んどわけのわからない能である。伊勢と三輪とは一体分身であらうがなからうが、私どもは何も興味がない。……さういふ本地垂迹の思想の如きは、いま我々に何の価値もないものなのだ。三輪といふ能の内容は、昔からいふことに興味を持つた人々に面白かつたに過ぎない。それを我々にも興味を持てといふのであらうか」。そして、それが舞う人の伎倆にあることも認めていられるが、結局のところ、面白くも美しくもないという意見である。

「三輪」というのは、前シテは中年の女で、ある日玄賓僧都《げんぴんそうず》の庵室へ来て、衣をひと重乞い、妾が住家は三輪の里、杉立てる門をしるしに、尋ね給えと言い残して去る。不審におもった僧都が訪ねて行くと、社の神木に衣がかかっており、そこへ三輪の神が現れて、神代の物語をする、と

いう筋で、最後は伊勢と三輪は一体だという結末になって終る。

まことに荒唐無稽な話だが、私は、当時、そんなことは考えたこともなかったので、成程福原先生のような見方もあるのかと考えさせられた。お能ばかりでなく、一つの世界の内部にいると、外のことがわからなくなる。これは私達が、気をつけなくてはならないことだが、この頃、お能の解説を頼まれて書く場合、そういう「わけのわからなさ」を、現代人に、どう説明していいか、途方にくれることがある。特に興味は持てなくても、同じ民族の辿って来た歴史が、まったく通じないという法はない。ことに本地垂迹とか神仏混淆のような思想は、日本の文化に大きな影響を与えているから、音信不通では困るのである。

といって、福原先生と同じように、私も土俗的なものには興味がないし、第一薄気味わるい。客観的にみれば確かにそうなのだが、実際にお能を舞っていると、少しもそれが気にならない。神と仏がごちゃまぜになろうと、矛盾は一向感じないのである。

そこの所は、後シテの神楽の後で、神楽を舞うのが既に「天の岩戸」の復元であるが、何の説明もなしに、いきなり「天照大神、その時に岩戸を、少し開き給へば」と、両手でヒラク型があって、八百万《やおよろず》の神々が喜ぶ場面がつづく。

素面《しらふ》で書くのは照れくさくなるような場面だが、演じているとそんなことは考えない。むしろ、だんだん舞い込んで来て、調子にのった所で、岩戸を押開く型をすると、大げさにいえばすべての物事から解放された気分になる。それが見物に通じないというのは演者がまずいのであって、作曲の側にあるのではないと思う。たしかに「三輪」は傑作でないにしても、お能の筋なんてものは大同小異で、神と仏、現実と夢、彼我の世界は、至る所で交り合っており、特に「三輪」だけが分りにくいわけではない。福原先生はこの能に関する限り今まで御運が悪かったのではないだろうか。

このことは、長い間、私の心にひっかかっていた。お断りしておくが、私は、「三輪」の弁護がしたいのではない、ただ、自分にはっきりさせたいだけの話で、ほんとうはお能とも「三輪」とも関係のないことなのだ。が、私はその方面の知識はないし、怠け者なので、長い間放ったらかしにしておいた。ところが先日、ある出版社の依頼で、西国巡礼の取材をし、三十三ヶ所の霊場を廻っているうち、そういうことに関して、おぼろげながら何かしらつかんだような気がする。

西国巡礼は、衆知のとおり、観音信仰にはじまる。歴史は天平時代に溯るが、民間に行渡ったのは、鎌倉から室町時代へかけてで、徳川時代には流行を極め、伊勢詣でと同じように、半ば遊興化して行った。「ホモ・ルーデンス」ではないが、日本の信仰に、いつもあそびがともなうのは面白いことである。が、もともと観音様にはそういう性格があった。三十三ヶ所というのは、いうまでもなく、観音が様々の形に変化《へんげ》して、人を救うという信仰にもとづいており、三十三という数は「無限」をあらわす。別の言葉でいえば、人それぞれによって、どう解釈してもよく、どこから入って行こうとさし支えはないという意味で、最後には、観音様を信じなくても、ただ「巡礼すればいい」という所まで行ってしまう。観音の慈悲には、そういう風に、何もかも許すという絶対的な寛容性があり、そういうものが、仏教以前の自然宗教とたやすく結びついたのは想像に難くはない。それは両立というより、極く自然な形で融合し、民衆の生活に滲透して行った。

第一番の札所は、那智の青岸渡寺《せいがんとじ》だが、既に私は、そこで神仏混淆の思想が、現在でも根強く生きつづけていることを知った。

那智へ行くのには、新宮から新しいいい道が通っており、横に旧道がみえつかくれつ残っている。杉並木の間を行く、美しい、石畳の道で、そこからの方が眺めもいい。ちょうどお能の橋掛と同じことで、こういう所は、ゆっくり歩かないと、車でいきなり乗りつけたのでは感興をそがれる。

その旧道が新道と交叉する所で、道は下り坂となり、突然滝が目の前に現れる。那智の景観については、今さら云々するまでもないが、あらゆる先入観をぬきにしてみても、思わず手を合せたくなるような姿である。そこで先ず、度胆をぬかれた後、峰を越した所に、青岸渡寺がある。が、車を降りてから、石段を五百段近くも登らねばならない。これは大体どこでもそうなのだが、ようやく辿りつくと、最後のとどめといった工合に、必ず高い段々がある。観音の浄土には、そうたやすくは行けないという仕組なのだろう。今は車があるからいいようなものの、所によっては、麓から歩いて登る山もあり、そういう所は却って印象が深かった。

そうして辿りついた頂上には、きまって天下の絶景といいたくなるような眺望が展ける。今までの苦労も、浮世の生活も、観音様にお詣りすることさえ、忘れてしまう程の景色である。それはたとえば「三輪」の能で、舞い込んで来た絶頂において、解放される気分によく似ている。苦しさの度合も、楽しさの程度も、まったく同じことである。

青岸渡寺からは、深い谷をへだてて、那智の滝が望めた。その時はっきり感じたのは、札所はここでも、霊場はあそこだ、ということだった。日本のように、自然が美しい所では、宗教はそういう形でしか発達できなかったであろう。極端なことをいえば、巡礼の場合でも、観音像は口実にすぎず、といって悪ければ案内人の恰好で、御本尊はあくまでも自然の側にある、そういうことがよくわかった。そして、それが観音の応身の一つの現れではないかなどと思った。

この寺には、殆ど同居といった形で、熊野那智神社がくっついている。滝と、神社と、寺は、いわば三位一体をなしており、熊野三山の模型がここにはある。そういう風に、神仏は交り合いながら、小さな円を作りつつ発展して行ったのだろう。明治維新の廃仏毀釈令は、多くの破壊を行ったが、民衆の生活力の前に、政治の力は弱い。いつの間にか復活して、このような形で生きつづけていたのである。それには、翁の能の、翁と千歳《せんざい》と三番叟《さんばそう》の関係を思わせるものがあった。

ここには八百年を経たという、化けもののような樟があって、根元の洞穴にしめ縄をはりめぐらし、体内くぐりをするようになっている。土俗的な上、変にエロティックな感じがして、気味が悪かったが、そういうものは至る所に見られた。その後の三十二番も、形式はほぼ似通っており、何らかの形で、那智の模型であり、那智の変型であった。たとえば清水の音羽の滝、三井寺の御井《みい》といったように。そして、表向きは観音様だが、奥の院には木と石と水の信仰が秘められ、古代からの伝統の根深さが思いやられた。このことは、私達が、庭や木石、ひいては絵画彫刻に異常な興味をもつことと無関係ではあるまい。いってみれば、私達は、「古事記」の世界から、一歩も出てはいないのだ。出ないままに、独特の文化をつくり上げた所に、日本の民族の特長があるのかも知れない。でなければ、この混沌と無秩序の中から、オリンピックなど出来なかったであろう。堀江青年も、東洋の魔女も、生れることはなかったに違いない。

再び、福原先生に御足労をねがうが、最近出版された著書の中で、文化にはある野蕃性が必要だ、という御説には同感だ。「三輪」の能にも、そういうものがあるから、一方に「松風」や「井筒」のような美しい能が出来たのである。本質的には少しも変ってはいない。「松風」や「井筒」なら誰がやってもそう破綻はないが、「三輪」の女体の生ま生ましさに、観音様の衣をまとわせること、それが名手の演技というものであろう。

（「學鐙」一九六五年一月号）

講演速記録「日本のこころ」

私は、じつは講演というものが大変苦手なんでして、いつもおことわりしているのでございますが、このたびは鹿児島ということで、何だかどうしても伺いたくなっちゃって、こうして参りました次第でございます。話が下手なもんですから、お聞き苦しい点はどうぞお許し下さい。

私は純粋の鹿児島人です。父も母も代々、百パーセントまじりっけなしです。その点、ここにいらっしゃる大部分の皆様と同じだろうと思います。それにもかかわらず、私は東京生れの東京育ちなもので、ちっとも鹿児島というところを存じません。

子供のとき一度来たのと、一昨年でございますけれども、外国人が有名な鹿児島というところを見たいというので案内をして参りました。これは通訳みたいなことをしておりましたので、ほとんどまわりを見ることができませんでした。鹿児島人といたしましては、恥かしい話なんですが、こういう機会に少しでも皆様にお目にかかって――鹿児島も一日や二日じゃたいして見られませんけれども――なるべくこれからも親しくしていただきたいし、たびたび来たいと思っております。

そんなわけで、私は鹿児島というところは知らないんですけれども、「鹿児島人」というものはわりあいに知っているつもりなんでございます。

というのは、ご存知のように東京なんかじゃ「薩摩の芋蔓」なんて申しまして、鹿児島人というと、みんな親類みたいにつながりあっているんです。そういう意味じゃ、私も皆様を全然他人のようには思えません。

今はそんなにおつき合いはなくなりましたけれども、私が子供のころ、祖父や父のところには、親類やお友だちがたくさんいらしてました。そうすると鹿児島弁が飛交いますので、私は言葉も、普通の東京の人よりはわかると思います。その時分から、鹿児島人というものはたいへんいいなと思っていたんです。

まるで「釈迦に説法」みたいなことですけれども、明るくてほがらかで、楽天家といってもいいのかも知れませんけれども、男の人も女の人もみんな非常にこだわりがなくて、さっぱりしていたように思います。

私の祖母なんていうのは、祖父が亡くなりましたときに、これはおめでたいんだから、悲しんじゃいけないと言って、お菓子に寿の字を紅い筆で書いて配ったのを覚えております。子供の私にはとてもそれがおかしなことであって……いや、これは洒落じゃございません。本当におかしいと思っていたんです。何て変なことをするんだろうって。今にして思うと、祖母にとっては、七十年近く連れ添ってきた夫と別れて悲しくないはずはないのに、みんなにそういう思いを少しでもさせまいと思ってそんなことをしたんです。

だから今はちっともおかしいなんて思いません。むしろそういうことというのは、なかなかできない、たいへん立派なことじゃないかと思って、自分のおばあさんの自慢話をするのもおかしいんですけれども、そういうのは薩摩人の気質じゃないかと、ときどき思います。

それから、祖父の七十七のお祝いに、祖母が踊りをおどったんです。それも白粉をつけて踊ったもんで、おばあさんで何かみっともないななんて、そのときには思ったんですけれども、今になって私もいいかげんに年をとって考えますと、ああいうふうに、年とっても変にウジウジといじわるばあさんにならずに、人に笑われても何でもいい、とにかくみんながおかしければそれでいい、というような態度というのは立派じゃないかと思います。

大体、私が子供のときから見ていた鹿児島人というものは、そういうふうで、これはやはり薩摩隼人《はやと》というものの伝統じゃないかと思います。「薩摩隼人」というのは古代からある言葉で、ずいぶん古いんですけれども、日本の国というのは伝統がつながっていまして、そういう性質はずっと続くものだと思います。

これはたいへんおもしろいことだし、ありがたいことで、他国に攻められて占領されたりなんかしている他の国では到底望めません。ヨーロッパに行ったってどこに行ったって、こういうふうに一筋に続いている国は、私のいままでの経験ではあんまり見たことがないんです。やはり占領されると変っちゃうんです。日本は島国だったから続いたんだろうと思うんですけれども、これは芸術でも美術でも、あらゆる方面にいえると思っております。

人間もそうですけれども、鹿児島はたいへん食べ物のおいしいのが多いですね。うちなんかでも、五月には薩摩鮨をつくりましたし、お正月には猪や豚のお料理とか、いろんなものをつくりました。それからお菓子もたくさんございます。黒砂糖そのものがおいしいですね。それで灰汁《あく》巻なんかというものも私は大好きで、いまだに時々取り寄せて食べています。

「日本のこころ」という題でもって、食べ物のことばかりお話しするのもおかしいんですけれども、やはりこころなんていうものは、そういう日常の誰も気がつかないところにおのずからあらわれるもので、こころそのものがどういうものと言い切ることはできないし、こころなんて何かの形に表れなければ、あってなきがごときものだと私は思っております。

あまり精神主義になると、今度の戦争みたいに、日本の大和魂だなんていって、あんな旗印みたいになりまして、私はああいうことは非常に情けないと思います。「大和ごころ」というのは、本居宣長が「朝日に匂う山桜花」と歌に書いたように、皆さんがごらんになるような、しっかりした目で見えるものに表れているんです。

だから食べ物にだって、文化が直接表れるものだとひそかに思うんです。食べ物のおいしい所というのは、必ずある独特の文化を持っています。そういう点で私は、鹿児島を非常に信用しているわけなんです。

この味がまた、ちょっと何というか、薩摩隼人みたいなもので、たいへん人間によく似ていまして、非常に地方的な素樸な味があります。これが今のように発達し過ぎて、みんなお菓子でも何でも大量生産でどんどん機械でつくる時代には、非常にありがたいおいしいものだと思って、いつも味わっております。これはやはり人間の心が表れているからで、やはりこまやかな味というものは、そういう気持でつくらなかったならば出やしません。機械でもってどんどん流れ作業でできるお菓子なんていうものは、人間味のこれっぽっちもないものです。一応、味はついているかも知れませんけれども、非常に人工的なものであって、自然の味というものは一つもなくなっています。

これはたいへん悲しいことで、だんだんそういうふうになっていく中で、まあ幾分、時勢でもってそうなりつつあるのかも知れませんけれども、私の知る範囲では、鹿児島はまだそういうものに侵されていない。これはたいへんありがたいことですから、そういうものを大事にしていただきたいと思います。こちらのほうは、ほかの物産だってずいぶん多いです。

今日は島津さんの博物館に行って、ギヤマンも見てまいりました。あんな立派なものが幕末にできたということは、やはり鹿児島の進取の気性がつくり出したもので、なかなか他の国ではあれだけのガラスを、あの時代につくってはおりません。

それから英国軍を攻めた大砲とか、その砲弾が軍艦に届かなくて非常に困ったというような話もありますけれども、やはり感慨無量でございました。鹿児島はせっかくそういういいものをたくさん持っていらっしゃるんですから、これを大切にしていただきたいと思うんです。今の東京の人が言うようなことだとか、ああいうものにあんまり耳を貸さないでいただきたい。

たとえば、ちょっと差し障りがあるかも知れませんけれども、大島紬なんていうものは、やっぱり昔のほうがよかったですね。それは、今言ったような素樸な味を残していて、もっと紬っぽいものでした。それが今は機械でペタッと伸ばしてしまう。糸も大量生産の一般的な糸になってしまいました——まあ商売の方からいうと、そういう糸を使わなくちゃ割が合わないから、やむを得ず使っているんでしょうけれども。

大島紬というものは高価なものです。私なんかも、そんなにいくつも買えない高いものです。そんなに高いものだからこそ、もっと良くしたらいいと思います——もっと良くというのは、昔の素樸な味というものがせっかくあるんですから、それを活かすことを考えていただきたいのです。私なんか東京で見ておりまして、そういう感じを受けます。

やはり以前のものは、もう少し紬っぽくて粗くて、だけれどももっと軽くてやわらかくて着心地が良かったですね。今のは何か身にそぐわないような、しらじらしいものがあるような気がいたします。技術は非常に高くなって、いろんな多くの糸を使ったり、非常に細かい絣《かすり》なんかもつくって、ちょっと他で真似のできないようなことをするんですけれども、残念なことに、それが生きていない。何かもっと「生きた鹿児島の味」というものがあるはずです。もしこの中に織物関係の方がいらっしゃいましたら、なるべくそういうふうなものにしていっていただきたいと思うんです。

そういうことは、いろんな方面に現れると思うんです。たとえば、これは一昨年、英国人を連れて来ましたときに、私たちは宮崎で飛行機を降りまして、友だちの自動車を借りて九州を一周して見せてあげたんです。たいへんものよくわかる静かな人でした。

それでまず、これは鹿児島じゃなくて宮崎県になると思いますけれども——似たようなことが、ここに限らず行われると思いますので、お話しするんですけれども――サボテン公園があり、私たちが行ったときには、メキシコの恰好をした人たちが何か売っておりました。青島もハワイみたいになっちゃっている。それを見た英国人は、私たちは東京から――あるいは英国からと申したほうがいいんですけれども――九州を見に来ているのに、どうしてメキシコとかハワイだのを見なくちゃならないのかと、たいへんがっかりしたんです。

次に鵜戸《うど》神宮に参りました。鵜戸神宮のことは昔、父から聞いていたのです。そこは靴を脱いで裸足参りをするんだぞ、と言われておりました。相手が外国人なものですから、私は心配いたしまして、前々からよく言い聞かせたんです。

「こういう神社があって、そこは日本の天皇のまたご先祖が祀ってある。だからみんな、土足でもって参るなんていうことを考えないで、裸足でお参りするんだから、そのつもりで靴も靴下も脱がなければいけませんよ」と言ったらよくわかってくれて、

「日本にはまだそんなところが残っていたのか。世界中どこを捜したって、そんなにまで昔のものを大事にしているところはない」と、とても楽しみにしていたんです。

ところが行ってみますと、コンクリートの観光道路ができてしまっているわけです。靴を脱ぐどころじゃなくて、ぞろぞろとたいへんなお参りの人出です。お参りが多いのはけっこうなんですが、私たちにはいわゆる観光で、お参りという気分はまるでなかった。

英国人がたいへんがっかりするもんですから、それじゃ私たちは本当の旧道を行きましょうと左側を見ますと、そこは石の段々で、いかにも神さびた杉の木立で囲まれたいい道なんです。そ

こで靴を脱いで、わざわざ裸足でもって上って行ったんです。そうしてやがて頂上で、そこから降りますと初めて神社の前に来る。そこはもう観光道路と一緒になりますので、そこからは靴をはいたんですけれども、やはりこういう気分というのはいいものです。清められると申しますか、禊《みそぎ》みたいな感じで、ひやひやした石段とか砂が足の裏に当って、それこそ「何事のおはしますをば知らねども」で、何だかわからないけれども、とってもいい。そういうところが、鵜戸神宮ではなくなってしまっている。いまさら元に戻せというわけにはいかないと思うんですけれども、近江の湖北なんかでは、まだそういう神社が残っているんです。

先日、他の取材で湖北に参りまして、神社で靴を脱げと言われたときには、ちょっとびっくりしたというよりもうれしかったんです。その日は時雨の降る冬にかかるようなときで、寒い日でした。湖北というのは寒いところですけれども、そこで靴下も脱いでお参りしたんです。

私は別に時代錯誤でこんなことを言っているわけではないんです。このごろになって、もっと永遠に変らないようなものを、もう少し私たちは知っていいんじゃないかと思うんです。

宣伝と情報の時代になって、もうみんな流れてしまう。テレビだってそうです。そのとき限り。そういうのは見ていて何かとっても悲しい。不安というものは、そういうことも影響しているんだというふうに、私なんか見るたびに思います。

それから、国際的にならなくちゃいけないということを、島国の日本としてはみんな考える。これも正しいことなんです。確かに国際的になって、世界の人類のために日本が尽くすということは大事なんです。だけれども、その方法がずいぶん間違っていやしないかと思います。

国際的というと、たいへんハイカラになっちゃって向うの人に似せる、英語をしゃべらなければいけない、すべて外国の生活に似なくちゃならない。そんなものは大嘘であって、向うの人は、そんなものは認めません。そんなものはちっとも面白くはないんです。

そうじゃなくて、日本人が日本のものをちゃんと身につけていますれば、向うも初めて、自分たちとは違う、自分たちの持っていないものがあると認めてくれるのです。向うの文化というものは、非常に発達し過ぎています。そこへさっき申しましたような素樸でうぶな——まだ日本には多分に自分というものがあって、失われておりません——そういうものが入った文化を、これが日本だといって見せれば、向うの人はたいへん喜ぶんです。それで初めて外国の人々のためにもなり、本当に国際的にもなれるんじゃないでしょうか。

この間の万博は、うまくいってたいへん結構だったし、あれだけのことを日本で成し遂げるというのはたいへんなことだと思います。けれども外国人の感想を聞いてみますと、日本でしたという証《あかし》が何もないと言うんです。どこでも同じだったというようなことで、そう落胆したというわけではないんですが、そういう不満をみんなどこかに感じたらしいんですね。

私は国粋主義者でも何でもないんで、新しい技術はそれで見せればいい。古いものばかりがいいということではちっともないんです。ただ、あれが何ともつかない、どこの国の人にもわかるというようなところだったことに、みんな不満を少し持ったんじゃないかと思います。本当は、わからせようとしなくたって、いいもの、美しいものだったならば、たとえ黙っていても、世界中にわかると思うんです。

ところが、このごろは解説の時代なんでして、たとえば博物館でもって展覧会がありますと、みんな解説のところにかじりついています。解説も何か大きな字でもって書いてある。まあ、ものを知るということ、これはたいへん結構なんで、解説がいけないとは言わないんだけれども、その方にばかり気を取られちゃって、肝心のものを見ない。見ても、ちらっと見るだけ。これは何世紀の何で、こういうふうにしてできた……そんなことはちっとも見たうちに入りませんし、自分の身につきやしない。しかもその場限りで流れちゃうんです。それで、忘れちゃう。

そこからまた食いついて、長いこと一生かかってもいいから研究するような人が、たまには出てくるでしょう。だから全然意味のないことだとは申しませんけれども、すぐに解説するということは、要するにインスタント、結局、早わかりということです。早くわかって何が面白いのかと思います。

私はそういう早わかりみたいなことは、もう本当のことを言うと、自分で経験しちゃったんです。私もかつて、解説などを読んだりなんかして、早くわかろうとしてあくせくしたものですけれども、自分の経験でやってみた上で、ああ、何も身につかなかったんだなとつくづく感じます。

それよりも、薩摩鮨でもいいし、あるいは灰汁巻でもいい、そういうものをつくるということの方が大切なんです。何ものなんか書かなくったって、織物を織ったりしなくてもいい、お台所で働いていたっていいんです。ごはんを上手に炊いたり、あるいはお漬物をうまく漬けるなんていうことも非常にいいことだし、ものを書いたりするのと、ちっとも優るとも劣らない立派なことだと思います。

私なんかは、そういう教育を受けなかったし、外国で育ちましたので、本当のことをいって、できないんです。食べるほうの専門で、実に恥かしい。恥かしいから、それじゃ何かということで、役に立たないかも知れないが、とにかく少しでも何かいたしましょうと、ものなどを書いているんですけれども……。

もう少し日本の女の方、あるいは男の人は、自分の仕事というものを大切にしていただきたい。仕事はいいかげんでいい、うまく宣伝して流行らせるというような根性は、非常にあさましいものだと思います。

鹿児島に来てみますと、空港に降りた気分が違います。非常に空気がいいですね。私は昨日着いたんですけれども、桜島が噴火しまして灰が降っていました。いくら灰が降ったって、東京のあの汚い公害の煤とは違って、あれなら安心して吸ったっていいという気がします。

東京にいらっしゃる方も多いと思いますけれども、このごろは息苦しくてなりません。とにかく息をするのでも、ちょっと鼻の先だけでおそるおそる吸っているような有様で、それはもうひどいものです。あんなところからは、何も生れないと思います。

あそこは消費の街です。じっくりと落着いて、腰を据えて自分のものをつくり出していくには、これからは地方に頼らなければならないと思います。鹿児島みたいなところは遠いだけに、そういう可能性が非常にあると思うんです。

だから、明治維新に江戸まで攻めのぼった気持でもって、これからもじっくりと何かをこさえていっていただきたい。薩摩の精神とかなんとか言ってるだけでなく、何かちゃんとしたものをつくっていただきたい。

あるいは、その精神を育てるために、教育でもいい。日本の教育なんていうことも、私の手には負えない、大き過ぎる話ですけれども、小さなことを申しますと、たとえば、小学生のときから批判精神を育てるべきだと、やれ批判しろ、あれはいい、これはいいという、こんなようなことを教えるのは、とんでもないことだと思います。

それよりも、美しいものを見せる、あるいは立派なものを教える、こんないいことがあったんだぞというような、お手本を教えることのほうがずっと大事なんじゃないかと、私はこころの中で思っているんです。批判なんていうことが、何も知らない子供たちにできるはずがない。高等学校だって無理だと思っています。

批判というものは、自分を批判することなんで、人を批判することじゃないと思います。自分というものを批判するから本当の批評になるので、外ばかり見て、ああこれがいけない、これが気に入らないといったら、不満は永久に一生ついて回って、それはちっとも幸福なことじゃないと考えますし、むしろ害があると思います。

教育などということは大きな問題であって、誰がいくら叫んでも――何だか自然物みたいなものでーーそう簡単に変るものではないでしょう。それでも私は、日本人というものを信用しているので、教育の問題なんかも、あっちに揺れ、こっちに揺れたりしながら、だんだんまともな方向に向っていくんじゃないかと思います。これは、希望的観測かも知れませんけれども。

始めに申しましたように、私は薩摩隼人なんで、どうも楽天家かも知れませんけれども、ものにはいつも両面というものがありまして、いい面も悪い面もありますし、お互いに交錯し合って助け合っているみたいなものですから、同じことなら、いいほうを見たほうが自分の気持もいいし、人のためにだってなると思います。おだてられたほうが、みんなよくなるんです。私なんかほめられると、ついうれしくなって、実力よりもうまくできちゃうことなんかあります。そういう意味じゃ、楽天的にものを見るということを、わりあい努力してやっています。

人でも、いいところだけを見る。いいところばかり見なかったら——批判ばかりして悪いところばかり見ていたら——自分のためによくない。まあ、欲張りなのかも知れませんけれども、自分のためにならないから、人のいいところばかり見るように努めているんです。

私は、明恵上人という人が好きなんです。鎌倉時代の坊さんで、私は一冊本を書いたことがあるんですけれども、この人が面白いことを言っております。ちょっと言葉は忘れましたけれども、「人の悪いところを見るというのは、わが身の徳なき人なり」。つまり、人の悪いところばかり見るのは、自分のせいだというのです。精神の教育というようなことで、何となくこんな話になっちゃったんですけれども、人の悪いところばかりほじくり出すのは、批判でも何でもない。それはわが身に徳がないというふうに思っております。

同様のことを、兼好法師も「徒然草」の中でいっております。「人皆生を楽しまざるは、死を恐れざる故なり」。死を恐れない人は、みんな生きている間に楽しめない、あくせくしてつまらないことに徹して一生を終えるのだ、というふうな意味です。今の話と相通ずるもので、楽しまなくちゃ嘘だと私は思っております。

こう言うと、まるで自分一人だけいい気持になっているようですけれども、これにはやはりちょっとした努力が要ります。どうしても人間というものには、どんな人にだって苦しいことがあるし、いやなこともあるものです。何かものが起ったときに、不幸があっても、もっと気の毒な人がいるんだな、こんなことでもって悲しんじゃいけない、というふうに乗越えていく気持、それが大切なのではないでしょうか。私は鹿児島人というのは、そういうものをたいへん持っていると思うんです。先ほどお話しいたしました祖母の例でもそうです。だから、楽天主義と言っては、いけないのかも知れません。

ですから教育というものでも、あんまり小学一年生のときから批判、批判といわずに、やはり人のいいところを見るとか、人の心のあたたかさ、そういうものに触れる、それでありがたいと思うような気持を育てることが大切です。豊かな気持とはそういうものだと思います。

これは日本の話じゃなくて、中国で経験したことです。——今は文化大革命でそういうものがなくなりまして、少しガチガチと、御覧のように騒がしいことになっているかも知れませんけれど、中国という国は大きいですから、見る目も大きい。百年、二百年といったって実に短い時間で、その先のことを考えていると思います。日本人のように島国でもって、目先のことばかりじゃないんです。なにも、日本も文化革命をしろと言っているんじゃありませんよ。

中国というのは、やはり今でも日本の手本になるような「ゆったり待つ」という気持を持っている。百年でも二百年でも五百年でも待って、そのうちいい世界になるというような、何かああいうふうな気持というのは、やはり日本人はなかなか持てないもので、あれは真似していいんじゃないかと思います。

それで、中国の経験というのは、明け方の五時ごろ、ホテルの窓から見ておりますと、おじさんが路地みたいなところから、きれいな鳥籠をぶら下げて散歩に出て行くんです。公園みたいなところに集って、そこでみんなが鳥籠を開けると、雲雀《ひばり》がツーッと空に上るんです。そうして空でもってピヨピヨと鳴くのを、みんなで長いこと聞いているんです。あれはちょっといい風景で、やはりものを味わうということは、ああいうことだろうと思うんです。

この間、文化庁長官の今日出海《こんひでみ》さんが、やはり中国の話をしていらしたんです。私は、ああ同じことだなと思って聞いていたんですけれども、それが、牡丹の花を見に行く話で、なかなか面白かったので、ちょっと拝借してお話しいたします。

今さんが中国に行って、偉い人たちと話しているときに、どこそこの牡丹がきれいだと誰かが言ったんで、今さんが、それなら見に行こうと立ち上ったら、みんなに笑われたというんです。

牡丹というものは、そんなにせっかちに見るもんじゃない。明日の明け方五時に迎えに行くから待っていろと言われた。やり切れない思いで待っていますと、みんなが五時に迎えに来てくれた。それでどこへ行くかと思っていると、公園じゃなくて、お寺の庭か何かわかりませんけれども、広いところがあって、まだ暗いんだそうです。そこに寝椅子がいっぱい並べてあって、みんなその上に寝る。そうすると、ボーイがおしぼりとお茶を持ってきてみんなに飲ませる。それでみんなゆっくり寝椅子の上に落着くんだそうです。

そうしている間に、夜もほのぼのと明けてきて、そこへ牡丹がポーッと朝霧の中に浮んで来る。ああこれが牡丹を見るということかと、初めてわかったんだそうです。それで、朝早くて眠いから、おしぼりやお茶を持って来ているうちに、みんなとろとろとちょっと寝るんだそうです。それで今度目を開けてみると、初夏の太陽の下に牡丹が実に鮮やかにはっきりと咲いているのが見える。そんなにしながら、夕方の牡丹まで見て帰るというのが牡丹見物というものだそうです。日本の観光客みたいに、朝、大騒ぎして出て、一日中バスなんか乗り回して見るのとは根本から違う。ああ忙しくちゃ、バスもたまには落っこっちゃうでしょうし、運転手さんだって、かわいそうにくたびれてしまう。

「日本のこころ」なんていうお話で、つい中国のお話をいたしましたけれども、やはり、さっき申しましたように、よその国のいいところは取る。これはもう盗みでいいです。それでやはり、自分の糧《かて》とすべきだと思います。

どうも雑談になりまして申しわけございませんでしたが、時間がまいりましたので、このあたりで失礼いたします。

（南日本新聞会館落成記念講演、一九七〇年）

編集付記

一、作品は現代かなづかいとし、送りがなは草稿を規準にして一部統一した。

一、各作品の末尾に初出紙誌書名を記した。新聞および雑誌に掲載された作品で、掲載紙誌名・掲載年月日・号数の不詳なものはそれぞれ「掲載紙不詳」「掲載誌不詳」とした。発表後、著者が加除訂正をほどこした作品は「入朱有」とし、さらに改題している場合には原題を記した。

一、編集者による補足は〔 〕で括って記した。また難読と思われる漢字には、適宜ふりがなを付した。

一、作品中、今日の観点からは不適当とされる用語、表現が稀出するが、作品の趣旨ならびに著者がすでに故人であることを考慮して原文のままとした。

※掲載しました写真の一部に、所蔵者に連絡のつかなかったものがあります。お心当たりの方は、おそれいりますが小社までご連絡ください。

ひたごころ

二〇〇〇年九月十四日　初版第一刷発行
二〇〇〇年十月　六　日　初版第二刷発行

著　者――白洲正子
発行者――吉野眞弘
発行所――ワイアンドエフ株式会社
東京都千代田区紀尾井町三番三〇
紀尾井町山本ビル三階
郵便番号　一〇二―〇〇九四
電話番号　〇三―五二七五―〇四三二［出版事業部］
振替　〇〇一〇〇―七―一〇八五九三
ホームページ　http://www.yandf.co.jp/
印　刷――日本制作センター
製　本――石津製本所

ISBN4-944124-10-4
NDC分類番号914　A5判(21.6cm)　総308頁